Loïc DURET

L'effet salamandre

Un plan d'enfer

L'eau était particulièrement fraîche, mais il n'y avait rien de rédhibitoire à cela. Il suffisait de nager de temps à autre ou bien de faire quelques mouvements de gymnastique aquatique, voire se frotter énergiquement le poitrail et le derrière de la nuque, pour oublier la différence de température avec l'air extérieur. En ce beau milieu d'été, un peu comme partout en France, la canicule était de rigueur. C'était entre autres pour cette raison que le plan d'eau où se trouvait Hector attirait autant de monde ! La montagne n'était pourtant pas très éloignée du lieu, mais elle ne garantissait pas pour autant un air tempéré.

Tout en nageant doucement, Hector contemplait la plage qui bordait la zone de baignade. Plage était ici un grand mot tant si l'on associe ce dernier à celui de sable. Terre battue aurait été un terme plus adéquat. Avec ici et là quelques cailloux pour rompre la monotonie de la pente, on ne pouvait pas dire qu'elle était très accueillante. En dépit du manque de confort affiché, la densité d'occupation y était particulièrement forte. Tous les occupants s'étaient déplacés en famille et les sièges, les tapis de sol, étaient légion. C'était le grand luxe ! Les glacières accompagnaient tout le monde, elles offraient leurs entrailles aux enfants massivement représentés dans le secteur. Ils se régalaient avant de venir se baigner entre les boudins rouges qui délimitaient l'espace surveillé par les maîtres-nageurs.

Hector en avait repéré deux qui allaient et venaient le long de la rive. Non loin d'eux se tenait un groupe d'adolescentes. Toutes gloussaient en observant à la dérobée les athlètes en charge de la survie de leurs concitoyens. Rien de plus normal à ça : il faut bien que jeunesse se passe !

La baignade pouvait donc se dérouler dans de bonnes conditions. Hector nageait sereinement, ce qui lui permettait d'observer sans effort chaque candidat au grand bain. D'abord, il y avait les deux jeunes hommes qui jouaient à se renvoyer un ballon, le corps à demi immergé dans l'eau. Le jeu s'accompagnait de nombreuses éclaboussures, Hector s'éloigna prudemment de la scène d'action. Près du bord, une vieille femme surveillait les agissements de son petit-fils, semble-t-il. Elle s'émerveillait chaque fois qu'il faisait une roulade sur lui-même, provoquant aussi quelques remous à proximité. Hector décida de prendre ses distances, il s'aventura plus profondément dans l'espace de baignade. Le boudin rouge n'était plus très loin. Là, il pouvait enfin éviter d'être aspergé. L'homme adorait l'eau, mais surtout lorsqu'elle était plate. Dès lors qu'elle s'avérait trop mouvementée, elle était inintéressante à ses yeux.

Désormais, il n'y avait plus qu'un seul baigneur derrière Hector, lequel s'évertuait à faire de longs allers-retours en nage brassée parallèlement à la plage. Le spectacle offrant peu d'intérêt, Hector concentra son attention sur la personne qui venait de pénétrer dans l'eau. Ce coup-ci, il s'agissait d'une jeune femme. Elle portait un soutien-gorge rouge qui n'était pas assorti à sa petite culotte, toute noire, mais cela n'était pas gênant pour autant. Au vu de sa silhouette avantageuse, la baigneuse pouvait tout se permettre en matière de tenue de bain, elle se trouverait inévitablement en haut du podium de la beauté. Une vraie sirène, la queue de poisson en moins !

Malgré sa solitude apparente (personne ne l'avait suivie depuis la plage), elle souriait en permanence. Manifestement, l'élément aquatique lui convenait à merveille. Alors qu'elle était encore immergée à mi-corps, elle plongea franchement pour ressortir quelques mètres plus loin, l'air toujours aussi ravi. Son premier réflexe fut de saisir sa longue chevelure à pleines mains pour mieux l'essorer. Durant tout ce laps de temps, la jeune femme n'avait pas essayé de vérifier si elle était au cœur de l'attention des autres nageurs. Si elle avait voulu dompter ses mèches rebelles, c'était pour son seul plaisir, pas pour celui de ses éventuels admirateurs.

Hector se régalait. Cela le changeait des sempiternelles mères de famille ou adolescentes boutonneuses. L'homme pensait qu'il était le seul à profiter du spectacle, il avait pourtant tort. Bien involontairement, il remarqua que l'individu qui nageait derrière lui avait la tête braquée dans la direction de la jeune femme. L'exercice était d'autant plus malaisé que si la personne devait garder le cap, il devait le faire simplement au jugé. Chapeau bas, l'artiste !

Les secondes s'enchaînaient et, inlassablement, le regard de ce spectateur restait rivé sur les moindres faits et gestes de la belle naïade. Hector aurait pu ignorer l'événement, mais en dépit de la distance qui séparait les deux hommes, il ressentait un profond malaise. Pourquoi ? Difficile à dire. En y réfléchissant, il comprit que le regard un peu fou du nageur en était à l'origine. Le terme n'était peut-être pas de circonstance, mais comment décrire le regard d'un homme dont les yeux bougeaient sans cesse ? Le phénomène ne lui était pas inconnu, Hector l'avait déjà vu au cinéma dans un film de science-fiction, Jurassic Park. L'acteur concerné était celui qui s'était emparé d'une ampoule d'ADN de dinosaure pour la vendre à la concurrence. Il avait terminé son périple dans l'estomac de l'un de ces monstres antédiluviens. De toute façon, comme il s'agissait d'un traitre, il l'avait bien mérité ! Sans vouloir l'enfoncer davantage, son physique rendu ingrat par cette particularité le prédestinait à finir de la sorte. C'est bien connu, le syndrome Calimero affecte tout le monde, mais encore plus les gens nés naturellement malchanceux.

Hector était inquiet. Un regard littéralement collé sur une jeune femme et de surcroît salace pouvait laisser craindre le pire. L'homme savait qu'après ce premier contact, l'échange physique serait la nouvelle étape, sauf que si celui-ci était unilatéral, il y aurait alors maldonne. Dans ces moments-là, le consentement mutuel était le passage obligé, or la jeune femme ne présentait pas le profil idoine pour se prêter à ce petit jeu de la séduction.

L'observateur bien malgré lui de la scène se sentit pousser les ailes d'un ange gardien. En son for intérieur, il se récita même la célèbre prière catholique traditionnelle, Angele Dei :

Ange de Dieu,
qui est mon gardien,
et à qui j'ai été confié par la Bonté divine,
éclaire-moi, défends-moi,
conduis-moi et dirige-moi.
Amen

L'idée de se faire appeler « *ange de Dieu* » par la jeune femme n'était pas pour lui déplaire. Il entreprit alors de s'en approcher. Une nage brassée mollement était le meilleur moyen pour ne pas effrayer la belle enfant. Insouciante, celle-ci s'amusait à plonger dans l'eau et, à peine ressortie, s'y jeter une nouvelle fois avec la fougue qui caractérise la jeunesse. L'homme patienta plusieurs minutes avant qu'elle ne calme ses ardeurs. Tôt ou tard, il savait que cette étape était inévitable. Le plus délicat était de lui parler sans qu'elle ne s'en offusque. Le comble aurait été qu'il devienne l'oppresseur alors qu'il n'en était rien du tout !

-     Hello ! Ca va comme vous voulez ? Vous nagez admirablement bien.

Hector n'avait pas trouvé mieux comme entame de dialogue. Habituellement, il n'avait pas la langue dans sa poche, mais ce coup-ci, il se sentit un peu idiot. C'est sûrement ce que éprouva la jeune femme tant elle le regarda l'air étonné.

-     Vous voulez des leçons de natation ? se contenta-t-elle de répondre.

- Grand dieu, non ! Je serais pitoyable comme élève.

Au moins, cela eut le don de la faire sourire et, c'est bien connu, femme qui rit est à demi conquise ! Il poursuivit sur sa lancée.

- Manifestement, je ne suis pas le seul à apprécier vos prouesses. Regardez discrètement derrière moi, vous allez voir que vous avez un second admirateur.

Elle obtempéra sur le champ sans dire un mot.

- A la différence de moi, vous avez dû constater que son regard n'est pas net du tout ! A votre place, moi, je me méfierais de ce genre de personnage.

- Vous croyez vraiment que ... ?

La baigneuse s'interrompit sans terminer sa phrase. Malgré la distance, elle venait de réaliser que les yeux de l'individu étaient plutôt atypiques, pour ne pas dire plus. Ils bougeaient sans cesse. Assurément, il ne pouvait s'agir de quelqu'un de normalement constitué !

- Qu'est-ce que je peux faire ? demanda-t-elle.

- Seule solution, alerter les maîtres-nageurs que quelqu'un vous embête.

- Mais, il n'a encore rien fait ! C'est moi que l'on traitera de folle.

- Mieux vaut prévenir que courir. Ensuite, ce sont les gendarmes qui se chargeront d'élucider l'affaire. Vous ne risquez pas grand-chose dans cette histoire, croyez-moi. Au pire, vous passerez pour une fille excessivement prude.

- Vous avez sûrement raison.

Puis, Hector contourna son interlocutrice et entreprit de regagner la rive. De là, il pourrait observer à satiété les événements à venir. Contrairement à ce qu'il pensait, elle se dirigea vers son autre admirateur. La distance aidant, Hector ne put distinguer le contenu de la discussion qui s'en suivit, il devina toutefois que celui-ci n'était guère cordial. Les deux protagonistes se séparèrent ensuite, la nageuse revint sur la plage avant de bifurquer vers le poste de surveillance. L'homme reprit ses séances de natation comme si rien ne s'était passé auparavant. Au bout de quelques minutes, les deux maîtres-nageurs ressortirent seuls de leur cabane. L'air décidé, ils s'orientèrent droit vers l'individu. Tout en restant près du bord, les pieds dans l'eau, ils portèrent leurs sifflets à la bouche et, en accompagnant le tout par de grands signes de la main, lui intimèrent l'ordre de venir les voir, ce qu'il consentit de faire aussitôt. A priori, la personne était à mille lieues d'imaginer de ce qui se tramait à son sujet. La réaction ne se fit pas attendre lorsque la discussion s'engagea au sein du groupe. Le ton s'envenima, mais c'était prévisible. Néanmoins, il accepta de les suivre jusqu'au poste. Entre-temps, la jeune femme s'était discrètement éclipsée, elle ne voulait sûrement pas être confrontée à son supposé agresseur.

Hector retourna se coucher sur sa serviette de bain. Il n'avait pas besoin d'en savoir plus, le reste ne le concernait pas vraiment.

◆

Hector avait réinvesti le même emplacement pour disposer son équipement de plage. Seule difficulté, planter le parasol car le sol était particulièrement dur. Mais en insistant, il parvint à l'installer de manière pérenne. Avant de se jeter à l'eau, il aimait bien se prélasser, voire même dormir si les bruits environnants ne l'en empêchaient pas. La chaleur aidant, le sommeil vint très rapidement.

Ce coup-ci, ce dernier fut de courte durée. Un choc insidieux mais répété au niveau de son pied droit le ramena des bras de Morphée pour atterrir à deux doigts d'une divinité quelque peu différente, en l'occurrence une sirène avec la queue en moins.

-    Désolée, je vous réveille peut-être ?

L'homme s'accouda pour mieux l'observer. Même si son esprit était encore embrumé par le sommeil, tous les événements de la veille se rappelèrent à lui en rafale. En premier lieu, son interlocutrice était toujours aussi jolie, et ce malgré son changement de tenue. Aujourd'hui, elle avait opté pour un maillot de bain 1 pièce, lequel dissimulait mieux ses formes. « Chatte échaudée craint l'eau froide » pensa Hector.

-    Ce n'est rien, répondit-il. Tôt ou tard, il faut bien arrêter de dormir, sinon on perd son temps. A quoi servirait la nuit dans ce cas ?

La jeune femme ne broncha pas, elle se contenta de sourire naïvement. Hector poursuivit sur sa lancée :

-     Alors, vous n'avez plus eu de problème depuis hier ?

-     Oh non ! Grace à vous, et à l'intervention des maîtres-nageurs, le pervers n'est plus reparu.

Hector ne put s'empêcher de glousser malgré lui. L'idée de passer pour un sauveteur l'amusait particulièrement. Puis, son obligée changea de sujet.

-     Vous avez une belle serviette de bain. J'adore son motif.

Ce dernier était effectivement original. Il s'agissait de la représentation d'un Volkswagen Combi des années 60, rouge et blanc. Les fenêtres à l'arrière de la camionnette étaient fumées.

-     En réalité, il s'agit de la reproduction de mon propre van, répondit-il.

-     Sans blague, ça existe encore ce type de voiture ?

-     Eh oui. Si vous voulez, je peux vous le montrer. Il est garé à deux pas d'ici.

-     Super ! On y va tout de suite, j'ai hâte de voir cette antiquité.

L'instant suivant, le couple prenait la direction du parking où le véhicule était stationné. Hector l'avait positionné au droit d'un grand pin parasol, histoire de maintenir un minimum de fraîcheur dans l'habitacle. Faute de climatisation, celui-ci se transformait tôt ou tard en véritable sauna. Il fallait vraiment être mordu par les vieilles guimbardes pour accepter de rouler dans l'inconfort le plus total, mais son propriétaire ne l'aurait échangé pour rien au monde.

Une fois arrivés à destination, ils firent le tour du Combi pour mieux en apprécier les formes. Puis, Hector précéda la jeune femme et ouvrit en grand la portière centrale. Elle coulissa bruyamment. Derrière la banquette du conducteur, il n'y avait aucun siège, un matelas occupait toute la largeur du Combi. La demoiselle se pencha et s'installa sur le lit improvisé. Son premier réflexe fut de se pincer le nez.

- Il règne une drôle d'odeur dans votre caisse, s'étonna-t-elle.

- Sûrement le contenu de cette bouteille, répondit Hector !

Il venait de l'extirper d'un sac en cuir marron d'aspect vieilli, lequel était coincé entre la banquette et un coin de l'habitacle. Il s'agissait en réalité d'un flacon de couleur bleue. Après en avoir ôté le bouchon, il appliqua sur le goulot un mouchoir tout droit extrait de sa poche.

- Vous verrez… Après ça, vous ne sentirez plus rien.

D'un geste rapide, il apposa le tissu en question sur le nez de son invitée. Tétanisée par la surprise, elle ne chercha pas à résister. Du reste, elle n'en aurait pas eu le temps, le chloroforme – car il s'agissait de ce type de produit – ayant eu raison de son endurance.

Avant d'en arriver là, Hector s'était assuré que personne ne les observait, cela aurait été embarrassant ! Mais, en son for intérieur, l'homme était plutôt satisfait de sa situation. Il avait gagné la partie !

- On ne met jamais deux coqs dans un même poulailler ! Au grand jamais !

A présent, il devait trouver un coin tranquille...

Au nom de ma Mère

Je m'installe à la place du chauffeur. Malgré la présence du volant particulièrement encombrant, je suis heureux de pouvoir enfin me reposer. Dehors, la nuit s'établit progressivement, il n'y a que la lumière du plafonnier qui soit en mesure d'en contrarier les effets. Le reflet de mon visage qui s'affiche dans le rétroviseur central témoigne des séquelles dévastatrices des dernières vingt-quatre heures sur ma forme physique. Les yeux cernés, les traits tirés, autant de points communs qui doivent m'inciter à me mettre au vert dès que possible. Pourtant, j'ai encore du pain sur la planche, une mission à mener, à savoir formater mon passé à l'image d'un disque dur défaillant que l'on souhaite restaurer pour mieux repartir. Cela passera d'abord par la méthode à mettre en œuvre pour évacuer le corps caché dans le coffre de l'automobile.

Le temps m'est compté, mais malgré ça, mon esprit persiste à divaguer. Après s'être attardé sur le miroir, mon regard se focalise sur ce que j'ai entreposé à ma droite. Sur le fauteuil voisin se trouvent un micro-ordinateur portable ainsi que mes notes personnelles rassemblées dans un carnet à spirales de 11 sur 17 centimètres. Pour mieux me rappeler des derniers événements, je dois consigner par écrit tous mes souvenirs. C'est le prix à payer pour immortaliser ma folle histoire, la mémoire est tellement une denrée périssable. J'ouvre alors le livre de ma vie, et après avoir pris un crayon, entreprends de rédiger ce qui vient de se dérouler...

Enterrer quatre personnes n'est pas une mince affaire ! Il faut être ordonné pour ne pas gaspiller inutilement son énergie. D'abord, tracer un rectangle à même le sol de deux mètres soixante sur un mètre quatre-vingt environ. Afin de ne pas perdre trop de temps, je devais sélectionner un lieu où la terre était encore meuble. Comme le minéral règne en maître autour de ce pavillon de ville, j'optai pour creuser sous la terrasse de la maison. Ensuite, excaver sur plus de quarante centimètres de profondeur ne devait être qu'une pure formalité. A l'aide d'une pioche et d'une pelle, plus de deux heures auront été néanmoins nécessaires pour déblayer la terre.

Positionner les cinq corps était la seconde étape.

Je les avais ramenés un par un depuis leurs chambres respectives. Non sans difficulté, chacun d'entre eux ne manifestait évidemment peu de volonté à bien vouloir me suivre. Seul Lazare avait été capable de se relever après sa mort – sans parler du Messie ! -, il n'avait pas laissé de descendance...

En guise de linceuls, j'ai utilisé les draps des lits de la maison. Rien de plus simple à trouver ! Les sacs de jute – que j'avais apportés avec moi – avaient pour objectif de servir de cercueils. De cette manière, ils permettraient à la chaux de mieux accomplir son travail de purification. Accélérer la décomposition des chairs et des os tout en luttant contre les odeurs putrides qui accompagnent leur lente ascension vers le paradis ou l'enfer.

Quant aux chiens de la famille, ils ont bénéficié d'une tombe à part. Les bêtes ne peuvent pas encore prétendre à l'égalité de leurs droits avec ceux des humains. Dans leur cas, une demi-heure a suffi pour les faire disparaître de la surface du globe.

Les surplus de terre ont été disséminés à l'intérieur des massifs de fleurs présents dans la propriété. La maîtresse des lieux avait eu l'heureuse idée d'en cultiver quelques-uns. Sans le savoir, elle m'avait facilité la tâche. En retour, je n'avais pas dénaturé son œuvre. Tout avait été réalisé proprement ! Ce qui avait été pratiqué à l'extérieur l'avait été aussi à l'intérieur du pavillon. A l'issue de mes diverses interventions, la maison était en mesure de rivaliser avec une salle d'opération chirurgicale en matière d'aseptisation.

Même les pires besognes doivent s'accomplir de manière hygiénique. C'est à ce détail particulier que l'on reconnaît qu'elles ont été menées de main de maître.

Nuit du 4 avril 2011

Minuit, l'heure du crime ! Pas tout à fait dans le cas présent. Ces derniers temps, les émissions de télévision intéressantes commencent tardivement pour ne plus finir ensuite. Il y a toujours un inconditionnel de ce genre dans une famille et je devais patienter tant qu'il ne serait pas endormi. Une fois la dernière lumière éteinte, je pouvais alors engager les hostilités.

Mettre hors d'état de nuire les deux chiens fut un jeu d'enfant. Ils occupaient une pièce du rez-de-chaussée dont la porte extérieure comportait une chatière – vestige ancien de la présence d'un félin dans la demeure. Le tuyau de la bonbonne de gaz anesthésiant a été introduit aisément – sans susciter trop d'aboiements ! -, provoquant très rapidement l'endormissement des bêtes. Seconde étape, mettre en œuvre mon système d'oxygénothérapie portable et positionner mon masque à oxygène sur mon visage. J'étais enfin prêt à pénétrer dans la citadelle. C'était d'autant facile que je disposais de la clé de la porte d'entrée. Pour prolonger les effets du gaz, je tirai une balle dans la tête de chaque animal. Le silencieux de mon arme me l'autorisait. La suite des événements n'en serait que plus facile à gérer...

Tout le monde dormait à l'étage. Plutôt normal pour une maison typique de centre-ville ! Je traversais le plus silencieusement possible le rez-de-chaussée avant d'emprunter l'escalier central. C'était la tâche la plus compliquée car, comme il est en bois, toutes ses marches sont particulièrement bruyantes.

J'aurais mis plus de temps à franchir cet obstacle qu'à gérer la mise en bière des deux clébards. En fait, en positionnant les pieds sur l'extrémité de chaque marche, cela sollicitait moins la structure de l'ouvrage, limitant ainsi les risques de nuisances sonores. Ensuite, il fallait engager l'étape la plus cruciale pour *parvenir à mes fins. L'espace entre les portes et le plancher étant plutôt béant, il suffisait largement pour y disposer le tuyau de ma bonbonne. Le gaz utilisé étant une association de sévoflurane et de protoxyde d'azote, plus connu sous le nom de gaz hilarant ou Kalinox®, il présente l'avantage d'obtenir une anesthésie à la fois rapide et douce.*

Je répétais l'opération à quatre reprises. La chambre parentale d'abord, puis celles des quatre enfants. Si l'aîné de la fratrie bénéficiait d'une pièce individuelle, à l'image de sa sœur, plus jeune de quatre ans, les deux autres frères couchaient dans la même salle. Lorsque l'espace est compté, il convient de s'organiser pour en parer les effets pervers. Les victimes collatérales sont alors les plus jeunes des occupants qui, confrontés au droit d'aînesse ou aux particularités physiologiques de la gente féminine, doivent faire l'impasse sur leur désir d'indépendance.

Arthur, l'aîné, a eu droit à deux balles dans la tête, comme sa sœur ainsi que sa mère. Thomas, le suivant dans l'ordre d'apparition à l'écran familial, en a récolté deux dans la tête et une dans le thorax. Son voisin de chambre a été le moins chanceux de tous les enfants, trois projectiles dans la tête et deux dans la poitrine. Quant au père...

Le sang a coulé dru à l'intérieur de chaque lit, puis sur le trajet entre les chambres et le rez-de-chaussée où j'ai convoyé tout ce beau monde. Avant de déplacer les corps à l'extérieur du logement, je me suis employé à nettoyer toutes les traces attestant de ce massacre. N'ayant ni aide-ménagère à disposition ni compétence en la matière, la tâche fut particulièrement laborieuse. Elle était pourtant nécessaire. Pour les prochains visiteurs, il fallait que la place soit nette, histoire de prouver que tout avait été orchestré par un esprit hautement évolué, et non par un homme de Neandertal.

Cette aventure se doit d'être la plus nickel possible depuis le début et ce, jusqu'à son issue aussi incertaine soit-elle !

Malgré le contexte actuel, relire tout ce j'ai écrit s'avère être une nécessité. Je reprends le fil des événements à rebrousse-poil.

Le 30 mars 2011

Une fois en tenue – c'est-à-dire, avec une casquette, une paire de lunettes et un pull -, j'ai mis la seconde partie de mon plan à exécution... Après avoir fait des recherches dans les pages jaunes, j'ai sélectionné une armurerie dans le centre-ville de Nantes, plus précisément dans le quartier des 50 otages. Une fois sur place, j'achetai l'arme nécessaire à mon projet.

Assassiner autant de personnes nécessite d'avoir un armement parfaitement en phase avec cet usage. Impossible de se contenter d'un chargeur de sept ou huit balles car recharger sans cesse le pistolet équivaudrait à une perte de temps. Recourir à un Glock 17 – j'avais lu une documentation sur le sujet - autoriserait la mise en place d'un chargeur de trente-trois balles, ce qui serait alors largement suffisant.

Le vendeur m'a présenté le top des réducteurs de bruit : un silencieux compatible avec une arme dépourvue de canon fileté comme l'est le Glock ! Selon lui, « exit les problèmes de compatibilité de filetage et la frustration de ne pouvoir s'initier aux joies du tir discret avec une arme sans canon fileté ». Je le crus sur parole.

Pendant toute cette séance, la caméra de surveillance fixée au plafond a immortalisé ma prestation. J'en sortis extrêmement flatté...

Le 12 mars 2011

Comment accélérer le cours du temps, notamment entre l'heure du décès et le moment où l'on frappe à la porte du paradis ? Évidemment, pas la peine de parler de l'enfer : Qui diable souhaiterait aller de son plein gré en un tel endroit ? À moins de vivre dans un asile ou un pénitencier, personne d'autre ne voudrait échanger sa place contre celle d'un damné !

J'avais trouvé la solution à cet épineux problème en écoutant un vieux témoignage initialement diffusé par la BBC au cours des années 40 à propos d'une interview de Jan Karski. Cela parlait du génocide juif...

« Une des propriétés de la chaux vive est, en effet, de dégager des vapeurs de chlore lorsqu'elle se trouve en contact avec de l'eau. Les gens entassés dans les wagons doivent évidemment se soulager. Il en résulte immédiatement une réaction chimique. Les juifs sont donc lentement asphyxiés par les vapeurs de chlore, tandis que la chaux vive ronge leurs

pieds jusqu'aux os. Comme je l'ai déjà dit, près de 6.000 juifs meurent ainsi chaque fois. »

Passé l'effet de la surprise … et du dégoût, je tenais là le moyen pour faire disparaître efficacement les corps de mes victimes, comme si celles-ci n'avaient jamais existé, et ce pour l'éternité !

Dans les films policiers, le méchant se procure les matières dangereuses nécessaires à son projet malfaisant à partir de sources multiples, il ne les acquiert jamais au même endroit, considérant qu'un achat aussi massif paraîtrait suspect. Au final, cela aboutit toujours à l'effet inverse ! Le détective remonte jusqu'à lui en croisant les résultats de ses investigations.

J'avais opté pour la même méthode, j'ai acheté quatre sacs de chaux de dix kilos chacun dans plusieurs magasins de la région nantaise. La seule différence, c'est que la police désignera un coupable dont l'apparence correspondra à celle de l'homme dont j'aurai usurpé l'identité. Avec trois fois rien, on peut se transformer en n'importe qui d'autre ! Une casquette, une paire de lunettes, un pull constituent autant d'éléments qui, lorsqu'ils sont agencés à la manière du « n'importe qui » en question, facilitent le mimétisme.

Le 28 décembre 2010

« Près de 8 cambriolages sur 10 ont lieu pendant la semaine (21% le week-end, 79% en semaine). Et 7 cambriolages sur 10 se

produisent en journée, principalement l'après-midi :
- *Le matin, entre 6h et 11h : 11% des victimes de cambriolage.*
- *Le midi, entre 11h et 14h : 17% des victimes.*
- *L'après-midi, entre 14h et 18h : 43% des victimes*
- *En soirée, entre 18h et 23h : 16% des victimes.*
- *La nuit, entre 18h et 23h : 5% des victimes.*

Même si la majorité des cambriolages a lieu pendant de courtes absences, la saison des vacances reste une période à risque. Les mois de juillet, août ainsi que décembre ont regroupé un tiers des cambriolages et des tentatives de cambriolage. » Au vu de ces statistiques et des informations recueillies, j'ai corrélé l'ensemble pour aboutir à la date du mercredi 28 décembre. Ce jour-là, j'étais sûr de ne pas être dérangé.

Passer par une fenêtre ne devait poser aucun problème !

À l'aide d'un tournevis particulièrement affûté, il est facile d'ouvrir une fenêtre en PVC depuis l'extérieur. Hop ! Elle sort de ses gonds sans la moindre difficulté. Les volets ne sont pas une arme suffisante pour en protéger l'accès, surtout si le propriétaire a oublié de les refermer, car il estime que ceux situés au 1er étage ne servent à rien.

Une fois à l'intérieur, j'ai eu droit à la formule « all inclusive »... Récupérer quelques fringues du chef de famille, mémoriser parfaitement la configuration des lieux, repérer l'ordinateur portable qui va bien, rentrer dans la vie la plus intime des occupants, rien n'aura échappé à ma sagacité !

Le 11 novembre 2010

Arthur DdP   sam. 13 nov. 19:01
<arthurDdP@gmail.com>   (il y a 2 jours)
Salut,
« Je crois que le temps est assassin et balaye les visages du passé en emportant avec lui les épreuves qu'on pensait ne pas pouvoir surmonter ». L'expression n'est pas de moi, elle est de Philippe Besson. J'ai étudié l'un de ses textes au lycée. Grâce à toi, cela ne veut plus rien dire ! Tu as ouvert la voie. Le problème, c'est que tu m'as interdit de leur raconter la vérité. Quand je pense que l'on va partir en famille pendant les vacances de Noël dans un gîte montagnard – rends-toi compte, plus de six heures de route pour y aller depuis le boulevard Schuman – soi-disant pour mieux se ressourcer, ça va être très dur de ne pas tout leur avouer. Quand accepteras-tu de passer à la phase suivante ?
@+
Arthur

Marc Bonami   lun. 15 nov. 23:31
<marc.BA@gmail.com>   (il y a 8 heures)
RE :
Hello,

« Il faut donner du temps au temps », c'est ma réponse. À mon tour d'utiliser une phrase célèbre, en l'occurrence prononcée par Don Quichotte. Je comprends ton empressement, mais je ne le partage pas. Des étapes restent encore à franchir. Pour autant, je te promets que 2011 sera l'année de notre coming out, mais pas au sens sexuel du terme évidemment. Tout le monde saura alors la vérité ! D'ici là, profite bien de ton séjour en famille dans ce gîte, même s'il est très éloigné, la vie est si courte...

@+

Marc

Le 21 juin 2010

Arthur DdP
<arthurDdP@gmail.com>

Dim. 20 juin. 23:31 (il y a 10 heures)

Bonjour,

Je m'appelle Arthur Durant de Princès, fils aîné de Xavier et Agnès Durant de Princès. J'ai deux frères, Thomas et Benoît, et une sœur, Anne. La seule différence entre eux et moi, c'est que nous n'avons pas la même mère. Comme je n'ai jamais connu ma vraie mère, j'ai souhaité la retrouver grâce à un test ADN. Le site Internet MonHéritage m'a communiqué votre adresse mail, il semblerait qu'il y ait une correspondance ADN entre votre profil et le mien. Peut-on se contacter directement pour en parler ?

Comptant sur compréhension,

Sincères salutations,

Arthur

Le 10 mars 2010

mer. 10/03/2010 19:40

MonHéritage   Notification   notify2@mon-heritage.com

Votre kit ADN MonHéritage a été activé (kit number MH-4H634N)

Cher MARC,

Merci d'avoir activé votre kit ADN MonHéritage MH-4H634N.

Si vous n'avez pas encore collecté et envoyé votre échantillon d'ADN, veuillez suivre les instructions (qui sont aussi incluses dans votre kit d'ADN).

Vous pouvez suivre l'état de votre kit d'ADN. Nous vous aviserons par e-mail lorsque vos résultats seront disponibles.

Cordialement,

L'équipe MonHéritage.

Le 17 février 2010

Travailler au sein de l'équipe de maintenance de l'hôpital ouvre de nombreuses portes ! Les recoins les plus reculés s'offrent à moi sans aucune réticence. Salles d'opération, chambres d'isolement, locaux de stockage pour produits dangereux en tous genres (anesthésiants, hydrogène, oxygène, etc.), autant d'endroits qui n'ont plus de secrets à mes yeux. Pourtant, il y en a une aujourd'hui, enfin une porte, qui s'est refusée à moi, et pourtant, j'y ai gagné au change. Un ascenseur bloqué au beau milieu de sa course avec moi à l'intérieur et ce, entre deux étages, l'affaire partait mal, mais cela m'a donné l'opportunité de faire de belles rencontres. Que peuvent se raconter deux médecins entre deux opérations ? Des histoires de nantis !

- *Tu sais quoi ! Mon ex veut me faire cracher une pension. Elle pense que l'enfant qu'elle a eu depuis que l'on s'était mis ensemble l'autorisait à ça ! Je suis stérile, elle l'ignorait, cherchez l'erreur !*

- *Tu comptes faire quoi ?*

- *Un test ADN évidemment !*

- *Si tu comptes pouvoir le faire à l'hôpital, tu te mets le doigt dans l'œil ! Ils ne voudront jamais !*

- *Bien sûr, mais j'ai mon idée sur la question : tu ne connais pas le site Internet MonHéritage ? Pour moins de 60 euros, cette société te remet un bilan complet ; tu connaîtras tes origines géographiques ainsi que toutes les correspondances ADN avec les autres donneurs. Il suffit d'envoyer un échantillon de salive. Celui de mon fils supposé complètera le package.*

- *Ah ! L'ADN, cela ne se résume pas qu'au jeu du "Qui, que, quoi, dont, où" ! C'est aussi notre parcelle de divinité que l'on transmet à nos descendants et qui nous permet ainsi d'accéder au stade de l'éternité. Tu mourras un jour, mais ta descendance te fera revivre tel le Phénix.*

- *En tout cas, ce n'est pas avec le marmot de Catherine que j'atteindrais le Saint Graal !*

La suite, je ne la connaîtrais jamais, la cage de l'ascenseur ayant eu le mauvais goût de se remettre en marche, permettant ainsi à mes voisins de continuer leur discussion hautement philosophique autour d'une autre table d'opération. J'avais néanmoins appris la seconde leçon de ma vie : tout individu est un demi-dieu en puissance, mais dès lors que sa descendance vient à disparaître, il tombe alors de son piédestal. L'acteur principal devient le spectateur de sa propre déchéance.

Je parviens enfin au compte-rendu journalier que je préfère, celui du **12 février 2008**. Je m'aperçois alors que je l'ai rédigé essentiellement au présent de l'indicatif. À ce moment-là, j'anticipais peut-être que l'évènement principal de cette journée alimenterait en permanence le fruit de mes futures réflexions, devenant ainsi une seconde nature.

Une leçon à retirer de ma journée, ne jamais laisser un couteau traîner sur une table lorsqu'un(e) ivrogne passe à côté. Pourtant, il s'agissait de ma mère. Quel enfant peut se méfier de sa maman ?

-   Tout ça, c'est de ta faute ! Laisse-moi partir, j'ai affaire...

-   Tu n'iras nulle part, t'es pas en état !

Hou ! Affalé contre le mur de la propriété de mon voisin, maire de son état, j'essaie tant bien que mal de colmater de la main la fente au beau milieu de ma poitrine. Ah ! La vache, elle ne m'a pas raté ! Quelque part entre la troisième et la quatrième côte – enfin, j'imagine !-, la lame du couteau a fait plus que me balafrer. Depuis que je l'ai retirée de ma poitrine, je perds mon souffle sans que l'air inspiré le remplace. Je suis en train de mourir...

- Je me dessèche ! Depuis que ton père est parti, je me dessèche. Je ne suis qu'une vieille peau et c'est à cause de toi ! Laisse-moi passer.

Tant que ma mère n'a pas sa dose d'alcool quotidienne, elle n'a de cesse d'en chercher dans la maison. Moi, j'ai pour habitude de dissimuler les bouteilles dès que j'en trouve une. C'est le combat perpétuel ! Aujourd'hui, elle a gagné la partie et je ne lui en veux même pas ! J'estime même que j'ai eu de la chance, elle ne m'a pas poursuivi lorsque je me suis échappé de la maison. J'ai ainsi évité le coup de grâce !

Mon cœur saigne, et ce à double titre ! Il se vide de mon liquide corporel le plus intime, certes, mais aussi de l'espoir de voir un jour ma mère se comporter comme un être aimant. Le pire, c'est que je ne lui en veux même pas ! En réalité, tout est de la faute de ce père que je n'ai jamais connu – et dont maman m'a caché le nom ! À cet instant précis de la soirée, je n'ai qu'un seul désir, rendre la monnaie de sa pièce à cet individu égoïste qui a préféré nous abandonner pour vivre une autre existence.

Oui ! Il paiera un jour pour tout ce qu'il nous a fait. Si, en plus, il a fondé une autre famille, tout le monde participera à cette fête et assistera à sa déchéance physique et morale ! Pendant ce temps, je resterai dans l'ombre pour mieux le manipuler et je repartirai libre comme l'air. La police n'y verra que du feu ! Ensuite, j'en ferai peut-être un gentil toutou que je garderai à mes pieds chaque soir en regardant la TV.

Oui ! Si je m'en sors aujourd'hui.

L'espoir revient. Le voisin vient d'allumer le bec de sa maison.

ADN sans retour

Aux confins de notre galaxie
Date incertaine

Le vaisseau spatial s'était arrimé non sans mal à l'astronef inconnu, la petite taille de ce dernier ne facilitant pas une telle démarche. Il est vrai que sa construction étrange et manifestement fort datée avait également contribué à la complexité de la tâche. À l'intérieur, aucun être vivant ne s'y trouvait, tout était automatisé. En revanche, il y avait là pléthore d'instruments dont les fonctions n'étaient guère évidentes à trouver pour un profane. Malgré la défiance qu'ils inspiraient aux propriétaires du navire arraisonneur – en raison de leur origine mystérieuse -, tous furent récupérés et amenés à leur bord. L'un d'entre eux était constitué de quatre éléments distincts regroupés dans une même caisse. Le plus imposant des quatre était de forme parallélépipédique. À son sommet, il y avait une cavité de forme sphérique et sur l'un des côtés un minuscule interstice. Le second objet par la taille était un cube lui-même composé de deux parties impossibles à dissocier, elles semblaient soudées entre elles. Le troisième était de forme rectangulaire, particulièrement fine, avec une face sombre et l'autre brillante à l'image d'un miroir. Un écran selon toute vraisemblance. Un orifice identique à celui présent sur le parallélépipède ornait l'un des côtés. Le dernier élément était un câble dont les extrémités étaient manifestement destinées à s'insérer dans les deux interstices en question.

Relier l'ensemble fut un jeu d'enfant. Regarder ce qui apparut à l'écran une fois allumé le fut tout autant…

Planète terre
De nos jours…

- Professeur Renard, soyez le bienvenu dans notre journal de 20 heures. La chaîne TF1 est particulièrement fière que vous ayez décidé de présenter le projet Voyager 3 dans ses locaux. Il n'est pas donné à tout le monde le privilège d'évoquer l'envoi d'une fusée européenne chargée de représenter les intérêts du monde entier. Aussi, nous avons souhaité vous consacrer une émission spéciale.
- C'est un plaisir partagé, ainsi qu'un grand honneur ! Mais, avant de rentrer dans le vif du sujet, permettez-moi de retracer les évènements qui ont précédé l'envoi en question.

L'homme s'interrompt alors. Plusieurs secondes se passent avant qu'il ne reprenne la parole. Le professeur maîtrise parfaitement l'art du suspense.

- Au cours des années 70, l'agence spatiale américaine (NASA) a mis au point un programme d'exploration des planètes extérieures au système solaire. Pour ce faire, deux sondes spatiales ont décollé en 1977 ; elles ont survolé les planètes Jupiter, Saturne, Uranus, Neptune ainsi qu'un grand nombre de leurs satellites. Le projet ne sera pas que scientifique, il se doublera d'une fonction quasi artistique.

L'homme s'arrête de nouveau pour mieux reprendre sa respiration. Le journaliste en profite pour faire de même.

\- La Nasa a profité de la place disponible dans chaque nef pour y placer des « Golden Records » à destination des éventuels extraterrestres qui seraient susceptibles de croiser leurs chemins. Sur ces disques, l'agence spatiale a inscrit une foule d'informations sur notre planète, ses occupants, via des images, des sonorités, décrivant toutes les facettes de la vie et de notre culture : photographies de notre planète, d'hommes et femmes, de la faune et de la flore, etc.. Mais plus encore, le sifflement du vent, le bruit du tonnerre, des cris d'animaux, voire même de nourrissons, figuraient aussi dans le package. Enfin, pour compléter le tout, la NASA a également retenu des morceaux de littérature et de musique récente ou non.

\- Quelle idée ont eu les scientifiques pour que les possibles extraterrestres puissent prendre connaissance de toutes ces données ?

\- Oh ! Facile, il a suffi de joindre un stylet permettant de lire le disque et une source d'uranium 238 (choisi pour sa période radioactive de l'ordre de 4,5 milliards d'années) pour alimenter le tout. La NASA estime que le disque ainsi que la sonde dureront plus longtemps que la Terre et le Soleil.

\- Mais alors, pour quelle raison s'apprête-t-on à lancer Voyager 3 ?

\- Bien, ma foi, l'agence spatiale a sous-estimé la notion de hasard dans ses calculs : si les deux sondes sont les objets les plus véloces construits à ce jour par l'être humain, elles peuvent être dépassées par ce que produit le cosmos, à l'instar des comètes ou des météores. Selon nos informations, deux vulgaires cailloux de l'espace auraient eu raison des Voyager, seule explication trouvée pour leur soudain silence radio. Il fallait donc songer à les remplacer… L'Europe a décidé de prendre le relais.

-       Ce coup-ci, qu'emportera la fusée dans ses bagages ?

-       La science a beaucoup avancé depuis les années 70, notamment dans le domaine de la biologie. On savait déjà que l'ADN stocke l'information génétique des êtres humains, mais il est capable de faire beaucoup plus. Ainsi, il peut être utilisé comme support dédié au stockage de données numériques au même titre qu'un disque dur d'ordinateur. Aujourd'hui, nous sommes capables d'encoder jusqu'à deux bits de données par nucléotide, ce qui autorise la capacité inégalée de stocker 455 millions de téraoctets par gramme d'ADN. Ce support est quasiment inusable même s'il est confronté à de mauvaises conditions d'hébergement. Avec un tel support, il fallait trouver des informations dignes d'y figurer. Pour ce faire, les plus grandes bibliothèques nationales du monde nous ont ouvert leurs portes et nous nous sommes largement servis, histoire de récupérer les œuvres mondialement reconnues et appréciées. Mais, pour être le plus exhaustif possible, nous nous devions de décrire l'homme de l'intérieur. Tous les rouages de l'ADN humain ont été disséqués et largement commentés. De fil en aiguille, les espèces animales ne pouvaient pas être en reste, le nombrilisme n'a pas sa raison d'être chez les scientifiques.

-       Combien de grammes d'ADN ont-ils été réunis pour receler autant de trésors ?

Le professeur Renard ne répond pas sur-le-champ, il se contente de retirer un drap qui recouvre une unité centrale d'ordinateur reliée à un écran plat et un cube de matière sombre. L'ensemble avait été placé sur le bureau du présentateur peu de temps avant le début de l'émission, personne n'y avait ensuite prêté attention... Le modèle d'ordinateur en question n'est manifestement pas courant. Sur sa partie supérieure, la tôle est évidée pour accueillir un objet parfaitement sphérique. L'instant d'après, l'homme de science s'empare du cube attenant et, des deux mains, donne une torsion à l'ensemble, ce qui a pour effet de libérer une boule d'une dizaine de centimètres de diamètre.

Tout en délicatesse, le professeur saisit cette dernière et la repose sur l'unité centrale. Il reprend la parole.

-       Eh bien ! Pour répondre à votre question, je dirais que le passé, le présent et le futur de l'humanité sont contenus dans cette sphère. Il suffira de la poser sur cet ordinateur – tel un spermatozoïde s'arrimant à un ovule, vous noterez ici la symbolique du geste... - et la caverne d'Ali Baba s'offrira aux visiteurs étrangers.

Pour illustrer son propos, l'écran immense situé derrière le professeur s'illumine et un dessin animé apparaît, montrant les différentes phases qui s'enclencheront une fois l'objet niché sur son piédestal.

- Pour guider ces spectateurs, la première chose qu'ils verront en allumant l'ordinateur sera celle de notre échange télévisuel. S'ils ont un minimum de logique – ce que l'on est en droit d'espérer à partir du moment où Voyager 3 aura été décortiqué par leurs soins -, ils pourront alors prendre connaissance de toute la richesse de notre patrimoine.

- Pour mieux leur donner l'envie de visiter notre planète ? hasarde le journaliste. En tout cas, c'est un honneur pour notre chaîne d'avoir été sélectionnée pour jouer un tel rôle !

- Qui sait ! répond le professeur. Qui sait !

Aux confins de notre galaxie
Date incertaine

Confortablement assis devant l'écran, Philippine et Jim se regardèrent longuement sans rien dire lorsque le message d'accueil s'acheva. Le traducteur qui les équipait tous les deux avait fidèlement converti les propos du professeur Renard en données compréhensibles. Les miracles de la technologie Xémurienne[1] ! Le maître du vaisseau en profita pour gratter le cou de Rabab, son fidèle lézard de compagnie qui stationnait à ses pieds, ce dernier adorait ce genre de caresse.

---

[1] Technologie qui, inversement, a également permis de retranscrire tout ce qui suit en français.

- Je n'avais pas fait le rapprochement, s'exclama-t-il, mais la récupération des deux premiers Voyager évoqués dans le film avait déjà fait l'objet de signalements à l'époque. D'ailleurs, tous figurent dans les archives du vaisseau. Je ne pensais pas que notre voyage nuptial croiserait un jour la trajectoire de leur lointain successeur.

- Tu as raison, cela me revient en tête à présent. Je crois me rappeler aussi ce qu'en avaient dit à l'époque les sentinelles de l'espace... Elles avaient minutieusement analysé tous les recoins de ces vaisseaux et mis la main sur les trésors qui s'y cachaient, à savoir les mémoires de leurs constructeurs.

- Ah ! Et alors, qu'en avaient-ils pensé ? Le plus grand bien, j'imagine ?

- Détrompe-toi ! C'était mortellement ennuyeux, semble-t-il. Absence d'intrigue, musique larmoyante, couleurs surfaites, autant de points négatifs qui avaient condamné l'exploitation en salles de spectacles de ces données. Ensuite, l'affaire a sombré dans le quasi-oubli.

- Décidément, nous n'avons pas de chance. Après avoir traversé un orage de rayons cosmiques, puis un essaim de météores, nous tombons à présent sur un nouvel assommoir ! Ma chérie, j'en suis vraiment désolé !

Jimmy se releva et s'approcha du cube, installé un peu en retrait de l'unité centrale. Il le saisit et le manipula à la façon du professeur Renard. Cachée à l'intérieur, la boule était bien là. Le Xémurien la soupesa pensivement : stocker tout le patrimoine d'une planète dans si peu de matière relevait du miracle. Et dire que la boule avait la taille de la gueule de son lézard ! Conçue à partir d'ADN humain ? Elle devait sûrement être comestible ! D'un mouvement ample, il la projeta en direction de Rabab. La bête avait faim, cela tombait bien. Elle l'avala sans broncher.

-       Mais que fais-tu ? s'exclama Philippine.

-       Lorsque les deux premiers épisodes d'une série TV sont insipides, le troisième n'échappe pas à la règle. Dans le cas présent, c'est à peu près pareil. Je nous évite une perte de temps !

Philippine adorait son époux, il était prêt à tout pour lui éviter de choir dans la sinistrose. Puis, qui sait ! Avec un peu de chance, leur vaisseau allait peut-être faire une autre rencontre, beaucoup plus passionnante ce coup-ci !

Sans Descartes
pas de trésor

Vingt ans…

Vingt ans que j'attends cet instant, jour après jour ! Pour cette occasion, j'ai décidé de me présenter sous mes plus beaux atours. Le voyage a été particulièrement long, il ne me reste plus énormément de vêtements dignes de ce nom. C'est dingue comme le tissu s'use vite à la longue ! Pourtant, la qualité avait été de mise, et ce dès le début. Ceux qui s'étaient préoccupés de ma garde-robe n'avaient acheté que des habits de qualité, il fallait œuvrer dans la durée. Composés de tissu souple pour l'essentiel, ils cachaient idéalement mes formes, ou du moins ce qu'il en restait. 20 ans, ça use également un corps ! Ce qui se voit en premier, bien sûr, c'est la partie émergée de l'iceberg, à savoir les moindres replis de la peau qui se relâchent plus ou moins pour former de molles vallées. Mais le sous-sol est aussi à l'avenant. Chaque fissure qui apparaît correspond à un nouveau rhumatisme qui lézarde progressivement l'édifice.

Bref ! Il me reste un vieux pardessus qui pourra encore faire l'affaire. Le vêtement a des manches qui ne sont pas encore trop limées au niveau des coudes. Il parviendra à dissimuler ma chemise et son col plus que large dès qu'il est comparé à la taille de mon cou. Quant au pantalon, il s'agit d'un simple jean. Celui-ci présente l'avantage d'être indémodable : créé au 19ème siècle, il a traversé le siècle suivant sans encombre pour parvenir jusqu'au présent jour. Un cow-boy survivant du Far West ne se sentirait pas dépaysé par la vision d'un tel accoutrement. J'ose espérer que la personne qui s'apprête à m'inspecter aura la même réaction. Surtout, ne pas déplaire, la suite de mon existence en dépend…

20 ans…

À 20 ans, le monde s'ouvre devant nous,
À 20 ans, on réalise ses rêves les plus fous,
À 20 ans, tout nous est permis,
À 20 ans, on avance à toute allure dans la vie,
À 20 ans, on choisit son avenir,
À 20 ans, on a tant de choses à accomplir !

Le texte n'est pas de ma composition, je l'ai déniché sur Internet[2]. Il est magnifique ! Mais pas comme on pourrait l'imaginer.

À 20 ans, le monde s'ouvre devant nous. L'idée est cocasse. On croirait entendre parler de l'histoire de Moïse lors de sa traversée de la Mer Rouge. Sésame ouvre-toi et la bobinette cherra ! Je mixe ici tous les contes à bon escient : leur point commun réside dans la notion de franchissement d'une limite, a priori aussi impénétrable que l'était la muraille de Chine à sa grande époque. Au-delà de la frontière en question commençait l'inconnu, pour les Occidentaux du moins. Pour les gens du cru, c'était différent : tout dépend du point de vue où l'on se situe ! Le tout est d'avoir la clé adéquate, celle qui ouvre la bonne porte. Moïse et sa bande l'avaient trouvé, leurs poursuivants n'ont pas eu cette chance. Les Égyptiens ont pris les mêmes chemins de traverse à la différence près qu'ils sont passés de vie à trépas tandis que les juifs ont

---

[2] http://cybermag.cybercartes.com/

gagné une nouvelle vie. En pareille situation, la méfiance doit être de mise...

À 20 ans, on réalise ses rêves les plus fous. Par nature, l'être humain rêve chaque nuit - il y en a même certains qui rêvent tout éveillés. Cela laisse supposer que ses premières rêveries n'en valent pas vraiment la peine. Moi, je préfère imaginer qu'il s'agit ici d'un préliminaire sexuel particulièrement long. Plus interminable est l'attente, plus intense sera le plaisir. Oui, j'adore cette idée de montée lente du plaisir. Quand le sexe se gorge de sang, qu'il se durcit progressivement, il donne l'impression de vider le cerveau de son énergie, laquelle se concentre dans cette barre de chair qui en profite alors pour croître davantage. Cette explosion du plaisir à l'issue de ce transfert de masse s'apparente à un autre phénomène bien connu, celui de la vie d'une étoile. Lorsque le cœur d'un soleil ne contient plus assez d'hydrogène, il devient une géante rouge, puis une nébuleuse avant de finir en naine blanche. Toute son énergie part dans le cosmos à l'image du sperme qui se projette dans un vagin, un cul ou un mouchoir de papier. Vous l'avez sans doute remarqué, je n'ai pas évoqué le terme de capote. Ce simple mot suffit à me faire hérisser le moindre de mes poils, j'en ai conservé trop de mauvais souvenirs. Mollir à l'instant ultime, c'est mourir à petit feu. Pourtant, l'inverse m'a été tout aussi fatal, j'en parlerai le moment venu.

À 20 ans, tout nous est permis. Autrement dit, la frustration aura occupé le terrain en maître jusqu'à cette échéance. Selon Wikipédia, *la frustration est une réponse émotionnelle à l'opposition. Liée à la colère et la déception, elle survient lors d'une résistance perçue par la volonté d'un individu. Plus l'obstruction et la volonté de l'individu sont grandes, plus grande sera la frustration.* Pas difficile d'imaginer les conséquences d'un tel état de fait sur l'esprit humain, il en ressort assurément aigri, voire furieux. Certains pourraient même devenir totalement dingues ! Alors, imaginez ce qu'ils mettraient en œuvre une fois confrontés à cette généreuse permission ? Cela serait *all day open bar* ! Évidemment, je reste largement en deçà de la vérité en me la jouant *Club Marmara*. La réalité serait sûrement plus crue. Terminator, à côté de ce genre d'individu, serait quasiment un enfant de chœur. Mais, quand on sait que le cyborg a fini au pilon, qu'adviendrait-il d'un tel personnage au moment de la chute finale ? Je n'ose même pas y penser...

À 20 ans, on avance à toute allure dans la vie. Entre une Ferrari ou une Aston Martin, l'heureux homme n'aura que l'embarras du choix. Pour une somme modique, il pourra même se payer le luxe de faire plusieurs tours de circuit. Une telle séance lui fera oublier toutes ces années pourries à circuler dans un vieux diesel bruyant et malodorant à la fois. *Mais ça, c'était avant* ! Depuis quelque temps déjà, la vitesse n'est plus à l'ordre du jour, elle rime trop avec consommation débordante : on fonce droit dans le mur. Désormais, le règne du tout électrique s'étend, bien sûr lentement mais sûrement, et rend les gros cubes obsolètes. Tout le monde s'y met, l'avenir de la planète en dépend. Ensuite arrivera l'ère de l'hydrogène ! Un air nouveau pourra alors se substituer aux relents des gaz d'échappement, tous générés par les fous du volant. Au final, rien ne sert de courir, il faut surtout partir à temps ! Écoutons la sagesse de nos vieux philosophes...

À 20 ans, on choisit son avenir. De tels propos pourraient être tenus par un architecte, voire un maçon. On choisit en fait la demeure dans laquelle on vivra à jamais. Qu'elle soit en paille, en bois ou bien en briques, il faudra s'en contenter sans rechigner. Seul, le grand méchant loup saura séparer le bon grain de l'ivraie. Pourtant, avant d'en arriver là, il convient de passer par une étape cruciale, à savoir celle des fondations. Une maison aura beau avoir les briques les plus solides du marché, elle ne saura pas résister au souffle du prédateur sans de bonnes bases. Or le texte ne mentionne nulle part cette condition sine qua non et c'est là que le bât blesse. En réalité, une construction bâtie sur de la merde finira tôt ou tard dans la fosse septique qui voudra bien l'accueillir.

À 20 ans, on a tant de choses à accomplir ! Pourquoi *tant* ? Pourquoi vouloir multiplier les cibles à atteindre quand on connaît le célèbre dicton : *qui trop embrasse, mal étreint* ! Au XVIème siècle, Montaigne l'avait formulé d'une manière différente : *nous embrassons tout, mais nous n'estreignons que du vent.* Mais alors, que faut-il espérer ? D'abord, se rappeler que l'homme est avant tout monotâche. S'il quitte la voie principale pour se fourvoyer dans des chemins de traverse, il se perdra tôt ou tard dans les basses fosses qui jalonnent l'ensemble. Aussi, est-il préférable d'en rester à un seul objectif, celui de trouver le bonheur. Tout simplement !

Demain sera un autre jour. Ma mère sera là, de l'autre côté de la porte blindée, à m'accueillir les bras largement ouverts. Une mère pardonne toujours tout à ses enfants – surtout si leur tenue vestimentaire est de bonne facture ! -, même s'il s'agit du pire des salauds.

Pour un excès de vitalité, j'ai pris 20 ans de prison. Au tribunal, je suis tombé sous le coude de l'article 222-24 du livre II du Code pénal, *viol avec au moins une des 12 circonstances aggravantes*. Je vous ferai grâce de détailler les circonstances en question, je les ai d'ailleurs totalement oubliées. J'ai pillé des esprits, violé des corps, et ce en toute impunité jusqu'au jour où mon ADN m'a trahi. J'ai toujours détesté les capotes, elles me l'ont bien rendu.

Ces vingt années sont en réalité idéalement résumées par les six phrases trouvées sur le Net, même si celles-ci sont largement dépassées dans leurs conclusions par le sens que j'ai bien voulu leur accorder. Ces vingt années m'ont également donné une leçon, les excès ne mènent à rien du tout. Les gens qui m'entourent en sont la preuve vivante. Grâce à eux, je sais que seul un esprit méthodique et froid parviendra à trouver sa voie.

Une fois dehors, et bien à l'abri du sein maternel, je mettrai en pratique tout ce que la prison m'a enseigné : ne pas se laisser guider par ses émotions, non, mais mieux les contrôler pour éviter que l'on me reconnaisse à leur façon de laisser un sillon derrière moi.

Sans [Des]cartes[3], pas de trésor !

---

[3] Jeu de mots à partir du nom de DESCARTES (auteur du Discours de la Méthode)

Le prélèvement

Avant de quitter les lieux, Albert devait s'assurer que personne n'était dans les parages de la maison. Toute sortie extérieure devait être anticipée avec un maximum de précaution. Mais, comme tous les volets de la demeure étaient fermés, l'homme devait user d'ingéniosité pour préserver son anonymat. Heureusement, le propriétaire des lieux avait eu l'heureuse idée d'installer une caméra de surveillance extérieure, ce qui facilitait grandement la tâche. Certes, la production d'électricité n'était plus assurée au niveau national, voire international, depuis longtemps déjà, mais l'existence de panneaux photovoltaïques sur la toiture contrebalançait ce manque. Le smartphone qui était relié à la caméra avait été oublié fort opportunément sur place, il permettait de voir tout ce qui se passait à l'extérieur. Un seul bémol à déplorer, le mouvement de la caméra était particulièrement lent pour embrasser la totalité de l'horizon. Il fallait faire preuve de patience pendant ce laps de temps, mais Albert en avait à revendre...

◆

Le commandant Marcellus était préoccupé. Les nouvelles de la mission de prospection n'étaient pas bonnes. Depuis l'arrivée du vaisseau Contact 1 à la périphérie de la planète jaune pâle, à quelques encablures de la grosse planète gazeuse, l'équipe devait se confronter à la violence des éléments et cela n'allait pas sans risque... D'abord, la proximité de la planète mère se faisait ressentir jusqu'aux tréfonds mêmes de son satellite, ce qui ne facilitait pas les conditions d'arrimage du module d'exploration. Ensuite, il y avait un challenge de taille, à savoir percer la couche de glace qui représente plus de 6% de l'épaisseur de la planète, tout en se jouant des nombreuses failles qui émaillent ici ou là la croute glaciaire. Pendant ce temps, il fallait scruter les sautes d'humeur du cœur central de la planète avec attention, car les expectorations qui s'en échappaient, pouvaient monter très haut dans l'atmosphère. Pour un peu, elles auraient même pu croiser le chemin de Contact 1. Évidemment, la lourde coque du navire n'aurait eu aucun mal à résister à ce qui en réalité s'avérait être de la vapeur d'eau. Eh oui ! De l'eau

---

[4] NdA : texte traduit en français pour faciliter la compréhension du lecteur.

à l'état liquide occupait toute la partie centrale de ce satellite de la *grosse* gazeuse.

- Commandant Marcellus, une demande de communication de l'Etat-Major. Vous la prenez ?

Le militaire pouvait difficilement contourner ce type de requête. Provenant de la planète mère, Proxima Centauri, l'appel émanait en fait du responsable en chef de la mission, le seul habilité à contacter Marcellus.

- Tous mes respects, Administrateur, soyez le bienvenu ! Que me vaut l'honneur de cet échange ? À ma connaissance, il n'était pas programmé. Me serais-je trompé ?

- Vos respects sont acceptés. Pardonnez mon impatience, mais je souhaite savoir où vous en êtes rendu exactement. Avez-vous atteint le niveau liquide ?

- Malheureusement, pas encore. Ce n'est qu'une question de temps.

- Écoutez, à la prochaine réunion des Anciens, je devrais donner une bonne nouvelle. En entrant dans ce système solaire, vous avez aussitôt interrompu votre recherche pour vous attarder sur cette petite lune. Pourtant, d'autres possibilités à proximité de l'étoile mère demeurent. Les planètes sont nombreuses, les chances de trouver de nouvelles espèces en sont d'autant plus multipliées.

Alors que le commandant s'apprêtait à formuler une réponse de circonstance, un témoin lumineux rouge clignotant l'interrompit dans sa démarche. Un évènement important venait de survenir, l'obligeant ainsi à clôturer précipitamment la discussion. En son for intérieur, Marcellus n'était pas mécontent de la situation, il allait pouvoir tourner la page et revenir à son véritable métier, celui de prospecteur interstellaire.

◆

Région de Toulon,
De nos jours

L'écran du smartphone ne révéla rien de particulier. Dehors, la présence d'une lune particulièrement en forme suffisait à compenser l'absence de l'éclairage public. La nuit étoilée permettait de visualiser les moindres détails du paysage environnant. Au premier plan, il y avait la pelouse – ou du moins, ce qui en restait -, puis la rue du lotissement où subsistaient toujours les véhicules des habitants du quartier. Personne ne s'était soucié de les stationner à l'intérieur des propriétés, leurs utilisateurs ayant visiblement d'autres chats à fouetter.

Le temps était venu de quitter les lieux.

Son sac à dos était fin prêt. Le garde-manger de la maison ayant été sérieusement approvisionné, Albert n'avait eu que l'embarras du choix pour sélectionner ses provisions. Corned-beef en conserve, fruits secs et des biscuits un peu spéciaux, à savoir un mélange cuit de blé, graisse, sucre, malt et vitamines compressé. Ces aliments étaient parfaits pour qui voulait partir en excursion. Albert était heureux que les anciens occupants aient été si prévoyants, il espérait qu'il en serait également de même dans son prochain squat.

La porte d'entrée se referma délicatement derrière lui, l'homme ne daigna pas la condamner. À quoi cela pouvait-il servir à présent ?

◆

Quelque part à 25 km d'altitude
Au-dessus de la lune Europe
Satellite de Jupiter
Bureau de commandement du vaisseau
d'études Contact 1

Le commandant Marcellus regardait son écran principal qui était à présent allumé. L'image affichée était celle du second de l'officier. Celui-ci arborait le visage des cent jours glorieux. La mine réjouie du militaire était contagieuse, son supérieur s'en trouva ragaillardi. Pour autant, il conserva son air grave, il ne voulait pas trahir ses émotions devant un subordonné.

- J'espère que vous m'apportez de bonnes nouvelles. Interrompre ce genre de discussion avec notre grand patron ne peut se faire qu'en cas d'événement exceptionnel. Vous avez percé la banquise ?

- Malheureusement, non. En revanche, notre scanner a décelé un vaisseau sur une trajectoire satellitaire proche du nôtre. Si vous voulez le constater par vous-même ?

- Allez-y, envoyez la séquence.

La figure du second s'estompa au profit d'un large écran noir, celui de l'infini. Une mire rouge apparut au centre de l'image. D'un geste de la main, le commandant agrandit la scène. L'objet en question présentait une forme originale, laquelle ne présentait aucun point commun avec son propre navire. Manifestement, la technologie utilisée pour la conception de ce lilliputien au  regard de la taille de Contact 1 n'avait rien à voir avec celle mise au point par les ingénieurs de Proxima Centauri. Le scanner n'eut aucune peine d'en matérialiser toute la superstructure interne. Les grands panneaux extérieurs, situés de part et d'autre de l'appareil, devaient vraisemblablement alimenter en énergie solaire tous les composants intérieurs. Rien de plus n'était nécessaire pour alimenter d'éventuels occupants, la petitesse du vaisseau aurait empêché quiconque de s'y introduire. Bien entendu, le commandant réagissait en fonction de sa propre corpulence. Comme tout Centaurien, il était de petite taille, mais très large d'épaules. Dans le cas contraire, la vie sur sa planète d'origine aurait été difficile tant la pesanteur y est forte.

- Second, pouvez-vous me dire d'où provient cet engin d'exploration ? En avez-vous extrait toutes les données numériques ?

Le sujet était effectivement crucial. Alors que la mission était à deux doigts de pénétrer dans un vivier potentiel d'êtres vivants, il fallait d'abord en savoir plus sur ce qui survolait la planète. Était-ce dans un souci de protection avancée ? Pour mieux alerter tout le monde d'une éventuelle intrusion ?

Le commandant Marcellus réprima un frisson d'inquiétude. Son second tardait à répondre...

◆

Région de Toulon,
De nos jours

Accéder à la rue fut un jeu d'enfant. À présent, l'aventure recommençait. Durant son séjour ici, l'homme avait eu toute latitude pour organiser son périple. Sans électricité, point d'Internet, mais il n'en avait cure, la présence d'atlas dans la bibliothèque familiale compensait largement cette absence.

Direction le sud !

Son seul regret, il devrait désormais respirer une atmosphère brute où certains relents ne seraient pas filtrés par le masque qu'il portait au niveau du nez et de la bouche. L'odeur de la putréfaction des corps est toujours difficile à occulter. Fétide, lourde, elle s'introduit jusque dans les plus fines des alvéoles pulmonaires sans aucune peine.

◆

Quelque part à 25 km d'altitude
Au-dessus de la lune Europe
Satellite de Jupiter
Bureau de commandement du vaisseau
d'études Contact 1

Le commandant Marcellus n'en pouvait plus, ses nerfs étaient à fleur de peau ! La silhouette du second se superposa à l'image du vaisseau étranger. Un large sourire éclairait son visage, ce qui était généralement annonciateur d'une bonne nouvelle.

- Ça a été plutôt facile : la technologie utilisée est particulièrement rudimentaire. Comme vous vous en doutiez, cet appareil a pour vocation de survoler toutes les planètes du secteur. On y retrouve une source d'informations multiples sur la grosse gazeuse, ainsi que ses proches satellites.

- Comment des êtres amphibiens ont-ils pu créer un tel engin ? l'interrompit Marcellus.

- Qui vous dit que son origine est locale ? En fait, j'ai mis la main sur le plan de vol. Son point de départ, la troisième planète en partant de l'étoile centrale, ce qui représente environ 33 minutes/lumière pour venir jusqu'ici. Ultime information, la construction a été diligentée par des êtres dont la morphologie s'apparente à la nôtre, en moins costaud peut-être. La gravité est moins forte là-bas que sur Proxima Centauri, ce qui pourrait expliquer cette différence.

L'heure était venue de faire les comptes pour le commandant Marcellus. Certes, il avait été particulièrement motivé à l'idée de mettre la main sur une population subaquatique – il existe peu de cas répertoriés dans l'espace intersidéral -, mais manifestement l'espèce dominante de ce système solaire ne se trouvait pas ici, perdue sous les fondations de la banquise, mais à quelques minutes seulement de distance. Réflexion faite, partir à la recherche de la planète était une idée diablement excitante. Tandis que le travail de forage pouvait se faire sans encombre ici, l'adjoint de Marcellus ayant toutes les qualités pour mener à bien cette tâche, Contact 1 pouvait faire un saut de puce pour évaluer le potentiel de cette nouvelle cible en quasiment un claquement de doigts. De surcroît, l'idée plairait sûrement à l'Administrateur, celui-ci avait d'ailleurs tout intérêt à ce qu'une initiative de cette sorte aboutisse.

Le commandant Marcellus lança le compte à rebours, son vaisseau devait partir dans les plus brefs délais.

◆

Région de Toulon,
De nos jours

Albert fit d'abord quelques pas avant de s'arrêter brusquement. Le corps immobile, l'homme tendit les oreilles pour mieux percevoir les bruits environnants. Sa hantise était d'entendre un son particulier, totalement artificiel, et qui à l'image du tonnerre annonçait la venue d'un sérieux grain. Habituellement, lorsque le cas se présentait, il s'agissait d'un ronflement venu du ciel. D'après une étude très sérieuse du centre de recherche de la Nasa à Langley, à volume égal, le vrombissement en question serait intrinsèquement plus désagréable à l'oreille que toutes les sonorités connues sur terre, à l'exception peut-être du bruit causé par la roulette d'un dentiste, c'était peu dire !

Pour l'heure, l'homme n'avait repéré aucun son suspect. Cela signifiait qu'aucun drone ne l'espionnait. Ni la police ni l'armée ne seraient donc en mesure de surveiller ses allées et venues, et encore moins de déterminer la direction qu'il s'apprêtait à prendre. C'était toujours bon à prendre ! Mais peut-être était-il excessivement prudent ? Depuis qu'il avait quitté Toulon, il s'était évertué à se déplacer la nuit et dormir le jour, cela limitait considérablement le risque de faire de mauvaises rencontres.

Le problème, c'est qu'il naviguait à vue désormais. Sans électricité, les moyens pour se tenir informé de ce qui se passait dans le reste du monde étaient inutilisables. Plus d'Internet, plus de télévision, voire même plus de radio car aucun émetteur n'était capable de prendre le relais, sa vie était à présent monacale. Alors il avait dû se faire violence : ne jamais rester au même endroit plus de huit jours, être constamment aux aguets, deux règles pour éviter que le système ne lui mette à nouveau le grappin dessus ! Nul besoin du pendule du professeur

Tournesol pour s'orienter – il n'avait d'ailleurs été d'aucune utilité aux Dupont et Dupond pour retrouver Tintin[5], séquestré en Amérique du Sud -, il avait décidé de rejoindre la côte méditerranéenne et toutes les pancartes annonçaient clairement la destination.

◆

Quelque part à 600 km d'altitude
Au-dessus de la troisième planète
En partant du soleil
Bureau de commandement du vaisseau
d'études Contact 1

Le commandant Marcellus était déçu. L'origine de son trouble n'était pas liée aux conditions de son voyage, tout s'était passé à merveille – 33 minutes/lumière, ce n'était pas la mer à boire !-, elle tenait plus à ce que l'officier avait trouvé sur place.

De prime abord, la planète était pourtant magnifique. Vue de l'espace, elle apparaissait toute bleue. En dépit de cette omniprésence, le scanner laissait entendre qu'à sa surface, il n'y avait pas que des océans. Outre ceux-ci, des continents se partageaient la zone restante, soit à peine 25% de la surface totale du globe. En fait, la couleur bleue était liée à un effet de réfraction de la lumière de l'étoile centrale. Un autre phénomène physique entrait en jeu : celui de la diffusion par l'atmosphère de la lumière blanche

---

[5] NdA : voir « le Temple du Soleil » réalisé par HERGE.

du Soleil. Intervenait également la réflexion, par la surface des océans, de cette lumière diffuse.

Mais Marcellus se moquait bien de ces effets d'optique, il avait d'autres chats à fouetter. Sur sa propre planète, les couleurs étaient fort différentes, l'atmosphère ne présentant pas les mêmes proportions de gaz, elles ne parvenaient pas davantage à retenir l'attention de l'officier. Son seul désir se résumait à celui de découvrir de nouvelles espèces vivantes de par les mondes intersidéraux. Une fois cette étape passée, il fallait déterminer celle qui dominait toute la faune locale et, aujourd'hui, c'est là que le bât blessait !

Si l'océan regorgeait de nombreuses espèces vivantes, l'ensemble des continents brillait par leur absence. Pourtant, cela n'avait pas toujours été le cas dans le passé. Des formes architecturales étaient disséminées sur la totalité des terres submergées ; or aucune d'entre elles n'était d'origine naturelle ! Malgré la multiplicité des architectures rencontrées au fil des déplacements, certaines étant simples de conception, d'autres particulièrement complexes, aucun de leurs concepteurs n'avait pu être retrouvé ! Pourtant, les données fournies par la sonde stellaire étaient formelles, il ne pouvait s'agir que de marcheurs à pied, non de poissons ou équivalent. Dans le cas contraire, la situation aurait été aberrante ! En fait, le terme exact qui caractérisait l'état d'esprit du commandant n'était pas la déception, c'était plutôt la rage ! Comment annoncerait-il la nouvelle à son administrateur ?

À présent, le vaisseau se trouvait entre la planète et le soleil central. Il s'agissait du dernier survol, car tout le monde attendait le commandant Marcellus à 33 minutes/lumière de là. Le forage était en bonne voie d'achèvement. En dépit des blocs restant encore à percer, des scans avaient été réalisés, ce qui en ressortait s'avérait prometteur. Des structures architecturales étranges avaient été localisées à des profondeurs inégales. Leur point commun résidait dans le fait qu'elles étaient toutes de forme quasi sphérique. Cette originalité ne pouvait laisser personne indifférent !

Un voyant rouge illumina furtivement l'habitacle.

Perdu dans ses pensées, Marcellus tarda à réagir. Ce n'est qu'au second flash écarlate qu'il retrouva tous ses esprits. Le navire avait repéré quelqu'un ou quelque chose susceptible d'intéresser son commandant...

◆

Région de Toulon,
De nos jours

Quitter la banlieue fut un jeu d'enfant. La face éclairée de la lune permit à Albert de s'orienter sans problème, aidé en cela par la brillance toujours aussi particulière de cette lumière. Au début, les coins de rue contribuèrent à rendre le trajet moins monotone tant ils cassaient très rapidement la vue. Quand survint le moment d'affronter la campagne, ce ne fut plus la même musique ! Une route jusqu'à l'horizon, Albert n'en pouvait déjà plus ! L'homme devait trouver un engin de locomotion, discret de préférence, pour gagner au plus vite l'objectif.

Quoi de plus facile que de faire son marché dans une vieille ferme, abandonnée de surcroît ! En réalité, il s'agissait d'une exploitation de maraichage. Se situer à une entrée de ville garantit toujours un revenu à l'exploitant concerné. Dans la grange, Albert recensa plein de matériel agricole, ce n'était pas une surprise, mais il trouva surtout ce qu'il était venu chercher, à savoir un engin à roues.

Seule originalité, celui-ci comportait trois roues et ne dépassait pas le mètre en hauteur. Son propriétaire devait avoir de drôles d'idées en matière de transport. Pour le piloter, il fallait se coucher sur le dos. L'avantage dans le cas présent, c'est qu'Albert aurait une vision du monde panoramique : il pourrait ainsi pleinement profiter du paysage qui défilerait devant ses yeux, même si pour l'heure les couleurs se conjuguaient plus en mode noir et blanc.

Au bout de plusieurs centaines de mètres, Albert avait enfin trouvé le rythme adéquat. Le tricycle allait bon train, le fond de l'air était à la bonne température, toutes les conditions étaient réunies pour traverser la nuit. Étonnement, il revint à l'esprit d'Albert une réplique de Depardieu dans le film « les Valseuses » : *on n'est pas bien ? paisibles, à la fraiche, décontractés du gland. ... et on bandera quand on aura envie de bander.* Seule différence notable, si le début de la phrase convenait plutôt bien à la situation, la conclusion nettement moins. Cela faisait un bail que l'homme n'avait pas rencontré une femme et, selon toute vraisemblance, il n'en verrait pas une avant une éternité.

Perdu dans ses rêveries, Albert ne se rendit pas compte que son tricycle prenait de l'altitude alors qu'il ne forçait pas davantage sur les pédales. Le phénomène était étrange. Il le devint d'autant plus lorsqu'Albert s'aperçut que ses roues ne touchaient plus l'asphalte.

◆

Quelque part à 600 km d'altitude
Au-dessus de la troisième planète
En partant du soleil
Bureau de commandement du vaisseau
d'études Contact 1

Le commandant Marcellus était heureux. La pêche avait été bonne ce coup-ci. Plus encore, elle comblerait de joie l'administrateur. Le prélèvement était bien sûr unique, mais il présentait l'avantage d'exister, cela n'était pas donné tous les jours. Or il fallait profiter des opportunités lorsqu'elles se présentaient. Le Conseil des Anciens ne pouvait qu'encourager ce type d'initiatives. Il est vrai que, dans le même temps, tous les vaisseaux dédiés à la recherche d'espèces dominantes étaient rétribués au vu de leurs résultats. Pourquoi seulement celles-ci ?

Tout naturellement parce qu'elles avaient mâché le travail de sélection.

Vouloir dominer l'univers entier impliquait de récupérer les richesses intellectuelles présentes dans toutes les dimensions correspondantes. Sans pour autant avoir connu Sun Tzu, général chinois du VIe siècle av. J.-C., les Centauriens s'étaient approprié l'une de ses maximes : *qui connaît son ennemi comme il se connaît, en cent combats ne sera point défait. Qui se connaît, mais ne connaît pas l'ennemi sera victorieux une fois sur deux. Que dire de ceux qui ne se connaissent pas plus que leurs ennemis ?*

Au gré des planètes intéressantes à annexer, car déjà aménagées par l'espèce la plus évoluée du secteur, il fallait « pomper » tout ce qui se présentait parmi les étrangers, et ce à chaque strate de leur intelligence ! Pour y parvenir, il n'était pas obligatoire de prélever les esprits les plus évolués d'une espèce donnée, la technologie de Proxima Centauri étant capable de retenir le meilleur à partir de cerveaux les plus rustres soient-ils ! Partant du principe que ceux-ci étaient de véritables éponges, il convenait tout simplement de repérer quels neurones cachaient les plus grosses pépites. Mais cette fois-ci, les Anciens auraient du pain sur la planche : le spécimen enlevé ici n'avait manifestement pas la lumière à tous les étages ! Il suffisait de voir l'engin qu'il conduisait lorsque l'individu avait été prélevé. Marcellus n'en avait jamais vu de semblable auparavant.

Comme l'échantillon était unique, il fallait absolument préserver son intégrité. Le placer en caisson d'hibernation était la meilleure solution pour éviter toute tentative de rébellion durant le trajet, ainsi que d'attraper le mal des transports. Le commandant se dirigea vers la salle de préparation des corps, il adorait toujours ce moment-là.

◆

Salle de préparation des corps
Contact 1

Albert était allongé dans ce qui était selon toute vraisemblance un caisson métallique positionné à la verticale. Son corps semblait moulé dans une matière spongieuse dont il était impossible de se dépêtrer. Depuis sa position, grâce à une visière transparente, l'homme voyait parfaitement tout ce qui se passait dans la salle où il se trouvait. Celle-ci ressemblait d'ailleurs à la chambre isolée où il végéta durant plusieurs semaines...

À bien y réfléchir, la malchance persistait à lui coller à la peau, un peu comme cette substance qui l'entourait. Alors qu'il avait réussi à s'évader de l'hôpital militaire de Toulon, il venait d'être repris par dieu sait quoi ! En voyant les deux individus qui s'approchaient de lui, Albert se rendit compte de leur taille nettement plus imposante que la sienne : c'est certain, s'il parvenait à s'échapper, mais qu'il venait à retomber dans leurs pattes, il passerait un sale quart d'heure !

En fait, tout procédait de sa dernière orientation professionnelle... Depuis qu'il avait été recruté comme gardien de zoo, section animaux asiatiques, tout était parti en cacahouète. D'abord, il avait attrapé un rhume carabiné. Cela avait le premier d'une longue litanie : tous ses collègues avaient subi les mêmes symptômes ! Seul problème, ils étaient passés de vie à trépas alors qu'Albert s'en était bien remis. Ensuite, la machine s'était emballée ! Le COVID-30 – c'était le nom scientifique de ce virus – avait progressivement investi tous les continents, provoquant des morts par millions au début, par milliards à la fin.

Or, pendant ce temps, Albert avait survécu. Les rares militaires survivants avaient voulu en savoir plus sur son compte. L'homme devenu un patient malgré lui avait alors enduré les mille tourments. Seule solution quand le médecin en chef lui avait annoncé qu'il serait confiné à vie – Albert était le seul porteur sain de ce virus -, s'enfuir ! Après avoir au passage éparpillé aux quatre vents tous les nombreux équipements de surveillance de l'équipe médicale, il passa son temps à vivre de multiples rapines tout en essayant de mettre le plus de distance possible entre ses « tortionnaires » et lui.

Toute cette histoire pour finir entre quatre planches (tôles ?), c'était vraiment rageant !

◆

Le commandant Marcellus était anxieux. Une délégation des Anciens était venue spécialement l'attendre sur l'aire de débarquement. Aussi, avant de quitter Contact 1, il s'admira une dernière fois dans le miroir de sa chambre. Il avait fière allure dans son costume d'apparat, il pouvait sortir tranquille.

\- Mes respects, commandant Marcellus. Nous sommes très heureux de vous accueillir. Il semblerait que vous ayez un magnifique spécimen à nous présenter.

\- Tous mes respects, Administrateur...

Une violente quinte de toux l'empêcha d'aller plus loin. Son interlocuteur parut surpris. Des postillons avaient jailli dans toutes les directions.

\- L'air de Proxima Centauri ne vous convient plus ? s'étonna l'Administrateur.

Il y eut un nouvel éternuement en guise de réponse. Plus tonitruant ce coup-ci !

\- Je vous inviterai plutôt à vérifier la climatisation de votre vaisseau, elle est sûrement déréglée.

Marcellus se retint de tousser une nouvelle fois. Il ne comprenait pas ce qui lui arrivait. Habituellement, il était insensible aux aléas climatiques.

C'était sûrement lié à un dysfonctionnement de la ventilation... Marcellus se promit de la faire vérifier à son retour.

Marché rouge

Armand s'était installé à l'extrémité de la grande table, et nulle part ailleurs, comme c'était son habitude depuis qu'il avait pris les rênes de la ferme familiale. C'est ici que les décisions importantes étaient prises par tous les mâles de la lignée des Philbert, c'est depuis cette place qu'il lisait quotidiennement le journal du jour. Quel rapport entre ces deux faits me diriez-vous ? De prime abord, aucun ! Mais, en y regardant de plus près, il en existait un : la presse écrite existe pour que chaque lecteur tire un enseignement des informations collectées, histoire de ne pas faire les mêmes erreurs, et Armand en avait bien besoin pour sauver son exploitation.

Comme le porteur de journaux était passé très tôt dans la matinée déposer l'exemplaire du jour, Armand savait qu'il n'attendrait pas trop longtemps avant d'entamer sa lecture.

- Maria, tu m'apportes le Populaire[6] s'il te plaît ? Je ne voudrais pas qu'il prenne froid dehors.

- Tu préfères sûrement que ce soit moi qui attrape un rhume. Merci de ta sollicitude.

L'homme ne répondit pas, il était habitué à ce genre de répartie. Sans cela d'ailleurs, la vie serait bien morne dans ce coin perdu des monts de Blond. Certes, la ville de Limoges n'était qu'à

---

[6] Le Populaire du Centre, journal de la région limousine.

une quarantaine de kilomètres de Mortemart, mais en termes d'évolution des territoires, cela se mesurait plutôt en portions d'éternité.

Pour l'avoir entendu de la bouche même des fournisseurs qui venaient le démarcher, chaque séjour dans cette partie du Limousin signifiait un retour dans le passé. L'un d'entre eux s'était même attardé dans la chapelle du Bois du Rat, une bâtisse perdue dans l'arrière-pays, où il ne manquait que Sean Connery pour se croire au beau milieu du film *le Nom de la rose* ! Quant aux promeneurs du dimanche, ils venaient admirer les innombrables menhirs et dolmens aux noms évocateurs (l'abri de la "Roche aux Fées" ou bien "la Pierre Branlante"). Les plus hardis d'entre eux espéraient apercevoir l'effroyable Mandragore qui, jadis, terrorisa la contrée entière, voire dénicher l'une des pierres qui s'ouvrent à minuit la nuit de Noël ou qui sont capables d'exaucer les vœux.

D'ailleurs, les randonneurs n'étaient pas les seuls à vouloir visiter le coin. Certains touristes adoraient venir se reposer ici en gîte rural d'où ils repartaient à l'assaut des collines et des bois environnants. Pour ceux qui préféraient les plaisirs aquatiques, des étangs étaient là pour répondre à la demande. Armand ne connaissait pas l'Écosse, mais par ouï-dire, il imaginait que les monts de Blond étaient ses cousins germains.

Seule différence, personne n'y produisait le célèbre whisky ! Cette partie du Limousin était autrefois le domaine de prédilection des ovins et des bovins. À présent, seules les cultures autorisées par le gouvernement occupaient les interstices existant entre les tourbières et les forêts. Mais, comme le substrat n'était pas très riche, la conquête agricole tourna vite en retraite de Russie. Production indigente, appauvrissement généralisé des agriculteurs concernés, la région avait davantage régressé en l'espace d'une dizaine d'années qu'en plus de cinquante ans comme cela avait déjà été le cas au vingtième siècle.

Un claquement sec interrompit Armand dans le cheminement de ses pensées. Le journal était enfin arrivé à bon port, directement devant sa place.

Bizarrement, Maria ne se fendit d'aucun commentaire supplémentaire. Armand en comprit la raison lorsque son regard s'attarda sur le titre qui s'affichait à la Une du journal.

« INSTAURATION D'UN SYSTEME DE RATIONNEMENT EN FRANCE À COMPTER DU 1ER FÉVRIER 2048 »

Sans plus attendre, l'homme se plongea dans la lecture de l'article. Son épouse resta à ses côtés au lieu de vaquer à ses autres occupations du matin, elle était curieuse de savoir comment il allait réagir...

Compte tenu des derniers événements climatiques, le gouvernement français envisage de distribuer des cartes de rationnement à l'ensemble de la population française dès le 1er février à 8h00. En s'appuyant sur des consignes de la Direction Générale de la Santé (DGS), le principe sera de fournir entre 1 200 et 1 800 calories par jour et par personne, et ce en fonction de l'âge, des activités de chacun et de son lieu de résidence. Pour ce faire, diverses catégories ont été créées :

- Catégorie E : Enfants des deux sexes âgés de moins de trois ans.

- Catégorie J1 : Enfants des deux sexes âgés de 3 à 6 ans révolus.

- Catégorie J2 : Enfants des deux sexes âgés de 6 à 12 ans révolus.

- Catégorie J3 : les jeunes de 13 à 21 ans ainsi que les femmes enceintes.

- Catégorie A : Consommateurs de 12 à 70 ans ne se livrant pas à des travaux de force.

- Catégorie T : Consommateurs de 14 à 70 ans se livrant à des travaux pénibles nécessitant une grande dépense de force musculaire.

- Catégorie C : Consommateurs de 12 ans et sans limites d'âge se livrant personnellement aux travaux agricoles

- Catégorie V : Consommateurs de plus de 70 ans dont les occupations ne peuvent autoriser un classement en catégorie C.

Désormais, avec ses tickets de rationnement, un adulte pourra acheter 275 grammes de pain par jour. Pour mémoire, celui-ci sera constitué de farines de maïs, fève, seigle ou orge auxquelles il sera ajouté des brisures de riz — cette recette étant plus en phase avec les récoltes du moment. Par semaine, chaque individu mature sera en mesure d'obtenir 350 grammes de tofu, 100 grammes de matières grasses et 70 grammes de spiruline. Chaque mois, il recevra jusqu'à 200 grammes de riz, 500 grammes de sucre et 250 grammes de pâtes.

La couleur des tickets variera en fonction du produit : violet pour le beurre, rouge pour le sucre, brun pour le tofu, vert pour le thé ou le café. La liste n'est évidemment pas exhaustive.

La main violemment posée par Armand sur l'article en question mit un terme à la lecture. Maria en profita alors pour interroger son mari.

- Alors, on est en guerre selon toi ?!!

- Je ne sais pas, mais ça y ressemble un peu ! Depuis le temps que je le prévoyais, c'est enfin arrivé. Quand les ayatollahs de l'écologie ont gagné les élections – d'ailleurs, on se demande bien comment ! –, il pouvait difficilement en être autrement. Le pet des vaches accélère la fonte des icebergs ? Alors, il faut rayer de la carte tous les ruminants ! Ils l'ont claironné bien fort : les céréales sont bourrées de gluten, elles favorisent le diabète, bloquent la trypsine et tout ce cocktail provoque la migraine, la dépression, la maladie d'Alzheimer et l'autisme. Qu'ont-ils décidé alors ? De remplacer le maïs et ses p'tits copains par du lupin blanc, bleu ou jaune ! Un vrai drapeau national dans chacun de nos champs !

- Calme-toi, Armand ! Pense à ton cœur. Qu'est-ce que tu comptes faire à présent ?

Avant de répondre, l'homme feuilleta le journal, histoire de s'assurer de l'existence ou non d'autres articles du même acabit. Au hasard des pages, il tomba sur l'une qui vantait les mérites de la cuisine du tofu. Son auteur proposait même une dizaine de recettes à faire chez soi :

Tagliatelles de légumes et tofu snacké
Wok de légumes et tofu snacké
Wrap au tofu snacké
Tofu pané basique
Tofu en robe indonésienne
Tofu Katsu et Rice Burger
Crousti-Tofu de La Petit Okara
Tofu & Chou-fleur Tikka Masala
Tofu Général Tao
Croquettes de la mer au tofu

À l'évocation de tous ces noms, Armand réprima un frisson. Encore un produit d'origine chinoise, il n'y avait décidément plus rien dans ce pays qui rappelle à tous son glorieux passé gastronomique. De surcroît, à force de mâcher cette gélatine, la face du monde risquait de s'en trouver modifiée en devenant totalement édentée. La réponse qu'il s'apprêtait à donner à son épouse trouvait ici sa source.

- Eh bien ! Permettre à ceux qui le souhaitent de retrouver le sens du goût.

- Qu'est-ce que tu me chantes là, s'exclama-t-elle ? Comment un paysan qui n'a jamais préparé un repas de sa vie peut espérer se transformer en cuisinier ?

- En vendant la matière première à ceux qui savent justement la préparer.

- Oh ! Ne me dis pas que tu parles de nos bêtes ?

- Si justement. J'en ai marre qu'elles ne nous donnent que du lait, clandestin de surcroît ! Lisette est trop vieille à présent pour en produire en quantité. En revanche, elle vaut encore son pesant de steaks !

- Tu es fou ! Aujourd'hui, qui voudrait prendre le risque d'acheter de la viande ? Tu le sais bien, le gouvernement a formellement interdit la consommation de produits carnés.

- Comme le ministre du Bon Goût a aussi expressément prohibé la vente de lait et que, malgré ça, on a continué à en produire ! Toutes nos vaches ont été dissimulées pour échapper à leurs satellites-espions, on ne risque rien.

- J'imagine que ce projet ne date pas d'aujourd'hui ? Quel sera ton acheteur ?

Maria n'était pas dupe, elle connaissait bien son mari. Armand n'était pas un perdreau de l'année, il avait sûrement potassé son sujet depuis belle lurette.

- Tu te souviens de l'ancienne boucherie Censeaux à Oradour ? Elle est hors service depuis longtemps, mais le fils de son propriétaire entretient fidèlement le patrimoine familial. L'acheteur de notre lait m'a assuré que la boucherie pourrait écouler de la viande, certes en quantité limitée, mais suffisamment pour compléter notre revenu.

- Tu es certain que l'on ne risque rien ?

- À 100 %. Le plus compliqué consistera à abattre nous-mêmes Lisette.

- Si tu le dis...

La décision était prise à l'unanimité, le passage à l'acte se ferait aujourd'hui.

◆

Il avait suffi d'un coup de téléphone pour organiser les modalités de la transaction. Le fils du boucher disposait d'un véhicule frigorifique, il viendrait tard dans la soirée pour récupérer tous les quartiers de viande. Ensuite, il repartirait à Oradour, c'était aussi simple que ça ! Ni vu ni connu !

Malgré l'assurance affichée devant son épouse, Armand n'était pas totalement rassuré. Il risquait gros si un os tombait dans le tofu, aussi l'homme avait hâte d'en finir. Fort opportunément, une lumière lointaine surgit à l'horizon. Le halo se dédoubla au fur et à mesure qu'il se rapprochait de la ferme. Il s'agissait d'un véhicule motorisé roulant encore au diesel, souvenir typique du siècle dernier, plus précisément celui du boucher.

Plus tôt dans la matinée, le couple d'agriculteurs avait rangé soigneusement tous les quartiers de la bête selon leur destination en cuisine... Le paquet type comprenait les éléments suivants : un filet de 170 grammes, six faux-filets de 260 g, deux bavettes d'aloyau de 165 g, six steaks 1er choix de 320 g, quatre steaks 2ème choix de 280 g, deux entrecôtes de 345 g, deux tranches à rôtir/griller de 890 g, deux rumstecks à rôtir/griller de 890g, quatre jarrets sans os de 440 g, quatre colliers à braiser de 810 g, deux palerons de 490 g, deux bourguignons de 750 g, deux plats de côte de 1035 g, deux poitrines de 945 g.

Lisette avait été généreuse avec ses propriétaires... Après maturation de la viande, et une fois la carcasse découpée et désossée, il en resterait près de 250 kg - contre 669 kg avant abattage ! -, ce qui représentait un pactole de 18 000 euros environ. Une véritable aubaine, même si, à la revente, le boucher en tirerait le double !

Le véhicule de Mr Censeaux s'arrêta au niveau de la grange. Armand fut le seul à sortir de sa demeure, il ne voulait pas que son épouse participe à la transaction. C'était avant tout une affaire d'hommes !

Un jeune homme descendit de la camionnette et vint à la rencontre du propriétaire des lieux.

- Comme prévu, j'ai l'argent demandé. Tout est prêt ?

- Pas de problème. Je vous apporte tous les colis, il n'en manquera aucun.

- OK ! Alors, faisons vite. J'ai de la route pour aller à Oradour.

- Faut pas exagérer quand même ! Il n'y a qu'une vingtaine de kilomètres entre nos deux communes. Mais, je comprends votre empressement : autant éviter les mauvaises rencontres ! Je m'en occupe tout de suite.

L'instant d'après, Armand revenait en traînant derrière lui un transpalette, lequel supportait plusieurs caisses bourrées à craquer des restes de Lisette. Un aller-retour supplémentaire serait nécessaire pour que la livraison soit complète.

- Je vous laisse le soin d'ouvrir la porte arrière, lança le jeune homme.

Décidément, ces gens de la ville étaient toujours aussi exigeants ! L'agriculteur ne broncha pas, il se savait dépendant du bon vouloir de cet acheteur. Une fois la porte ouverte, le spectacle qui s'offrit à lui le laissa sans voix : la chambre froide était bondée d'occupants, mais qui étaient loin d'être morts comme cela aurait dû être le cas en pareil lieu ! Tous étaient vêtus d'une tenue vert pomme de type militaire et portaient un béret noir. Leur mine était patibulaire.

- Armand Philbert, vous êtes accusé de « marché rouge ». Vous avez été dénoncé comme étant un trafiquant de produits prohibés, ce que nous constatons à l'instant. En vertu des pouvoirs qui nous ont été conférés par le gouvernement, nous vous arrêtons. Tous vos biens sont saisis sur-le-champ !

L'orateur était manifestement le chef du groupe – ce dernier étant tristement dénommé *milice verte* -, les autres se contentant d'opiner de la tête en signe d'acquiescement. La messe était dite.

Être accusé de marché « rouge » ! Autrefois, la couleur invoquée aurait plutôt été celle du noir. Aujourd'hui, le trafic de viande animale était à l'origine du changement. Cette accusation ne dérangeait pas fondamentalement Armand. Non, c'était surtout l'idée d'avoir découpé la reine de son troupeau pour qu'elle finisse à l'équarrissage, avant de terminer sa course sous forme de farine pour chiens et chats.

Triste fin pour une bête qui, durant sa vie entière, avait fait don de son corps à l'humanité.

Quant à Armand, Dieu sait à quelle sauce il allait être mangé !

À bas la Crise !

Flash spécial en direct du Palais de l'Élysée le 22/02/2024

- Monsieur le Président, le Conseil des ministres vous attend.

Se faire annoncer de la sorte est toujours aussi surprenant. Quand on se contente d'être un *monsieur* tout simplement, on fait alors partie de ce que l'on appelle le commun des mortels. Dès lors qu'un mot supplémentaire vient s'y accoler, tout bascule dans un autre univers. Une autre dimension plutôt ! Le jour d'avant, on ne dispose d'aucun titre, on ne représente rien du tout, et le lendemain d'une élection ou de quelque chose qui s'y apparente, une fois la fonction atteinte, on devient un homme important.

◆

D'abord, il y a le *petit* personnel qui vous devance jusqu'à la place qui vous revient de plein droit. En soi, un tel accompagnement est déjà extraordinaire. Une personne handicapée n'aurait pas droit à un tel cérémonial. Le fauteuil est reculé d'un mètre environ, le président avance de deux pas et se laisse retomber sans coup faillir sur le siège qui s'est déplacé fort opportunément sous son auguste postérieur.

- Je déclare la séance du Conseil des ministres ouverte, lance le président.

L'ensemble des participants dodeline de la tête, c'est leur manière à eux de saluer le grand homme. À l'extrémité de la salle, un écran de télévision affiche une succession de phrases. Certains diraient qu'il s'agit de l'ordre du jour, d'autres évoqueraient plutôt une liste de courses. En tout cas, le président sait ce sur quoi il devra trancher aujourd'hui.

- C'est au tour de monsieur le Premier Ministre de prendre le relais. L'homme n'a pas besoin de regarder l'écran, il connaît par cœur tous les sujets à aborder.

- Dans l'objectif d'être autonome en matière d'énergie, il est vital pour notre pays de trouver des produits de substitution au pétrole. Certains ont misé sur les terres rares (à l'instar de la Chine, la Birmanie, l'Australie, etc.). Malheureusement, la France n'a pas cette chance. Mais pour la suite, je donne la parole au ministre de l'Industrie et de la Recherche appliquée.

- Monsieur le Premier Ministre, je vous en remercie. Au moment du COVID-19, nous nous sommes aperçus que la dépendance de notre pays vis-à-vis d'autres états pouvait s'avérer préjudiciable pour le moral de nos concitoyens.

- C'est un euphémisme, l'interrompt le Président.

- Nous n'en sommes qu'à l'introduction, Monsieur le Président.

- Alors, venez-en au fait. La France a hâte d'en savoir plus !

- D'abord, nos chercheurs ont amélioré considérablement les techniques pour obtenir du pétrole et l'essence en traitant les combustibles minéraux tels que la houille, le lignite et la tourbe. Mais les matières premières en question ont également d'autres destinations dans l'industrie : en conséquence, concurrence oblige, tous les carburants qui en dérivent présentent un coût de production élevé. Pour y remédier, il faut utiliser des produits initiaux *laissés pour compte* tout en étant capables de générer des carbures. Ce qui autorise un prix de base moins élevé. Les schistes bitumineux relèvent de cette famille.

- Les schistes bitumineux ?!! Pour mémoire, rappelle le Président, avec notre plan Climat, la France a été le premier pays au monde à interdire la recherche et l'exploitation des hydrocarbures sur son territoire. J'ose espérer que le ministre de l'Industrie et de la Recherche expérimentale n'a pas oublié ce détail de notre histoire.

- Bien sûr que non, s'exclame-t-il l'air offusqué. Mais entre-temps, le COVID-19 est passé par là... Il y a eu des masques pour que les Français n'attrapent pas cette vilaine grippe, nos chercheurs en ont créé d'autres pour les moteurs diesel afin qu'ils ne partagent plus leurs expectorations avec les piétons. Comme quoi, dans l'adversité, la France avance !

- Ah ! Très bien. De cette façon, Nicolas Hulot ne pourra pas nous faire de scène !

- Une fois ce préalable obtenu, il a fallu tout reprendre depuis le début... En réétudiant les cartes géologiques françaises, nous avons recensé certaines zones qui n'avaient pas été suffisamment explorées, à savoir l'Autunois, le Bourbonnais, la Haute-Saône, la Saône-et-Loire, le Doubs et le Jura. Ce que l'on y a découvert est ex-cep-tion-nel ! Les réserves en schistes bitumineux dépassent l'entendement. Mais pour la suite, je donne la parole au ministre de l'Économie et du Développement durable.

\- Cette véritable manne sortie du sous-sol français va générer de précieux investissements et les emplois qui les accompagneront nécessairement. L'ensemble représente 144 milliards d'euros dont 60 % iront directement dans les caisses de l'État.

Un silence s'installe alors dans l'immense pièce. Manifestement, l'information n'avait pas encore fuité dans le reste des ministères. Puis, progressivement, les langues commencent à se délier. Mais ce sont surtout les sourires affichés qui démontrent que l'heure est historique.

Le président en est conscient. Son regard est alors attiré par l'écran TV sur lequel est inscrit ce qui aurait dû être à l'ordre du jour.

En un clin d'œil, toutes ces phrases disparaissent de l'écran au profit d'un autre texte autrement plus alléchant :

« À bas la Crise ! »

◆

Un jingle publicitaire prend alors la place du programme TV qui avait débuté quelques minutes plus tôt. Françoise et Vincent se regardent alors longuement.

- Depuis quand une chaîne de télévision a-t-elle le droit de filmer un conseil des ministres, s'étonne Françoise ? J'ignorais que cela était autorisé !

- Manifestement, tout est possible aujourd'hui. En attendant de le savoir, qui de nous deux va préparer la tisane ? On fait à pile ou face ?

- Avec la pièce du pourboire que le gouvernement s'apprête à nous accorder ? En tout cas, si c'est vrai, ça serait merveilleux !

L'homme ricane.

- Dans ce cas, ça mérite plus qu'une tisane : pour fêter l'évènement, je vais aller chercher une roteuse dans la cave !

À peine s'est-il levé que le flash publicitaire tire à sa fin. L'instant d'après, l'image d'un homme apparaît à l'écran. Il ne s'agit plus du président de la République, mais d'un homme plutôt âgé qui a pris sa place.

D'une voix posée, l'individu prend la parole.

-     En réalité, tout ce qui vient d'être raconté n'est pas vrai. Cette séance du conseil des ministres est un faux. Ces nouvelles sont imaginaires !

Françoise reconnaît alors le personnage : il s'agit d'Yves MONTAND, un comédien mort une trentaine d'années d'auparavant.

-     Comment est-ce possible, s'écrie-t-elle !!?

L'acteur l'a peut-être entendue, car il semble alors s'adresser directement à elle.

-     Il y a quarante ans, jour pour jour, je vous avais annoncé : « Vive la Crise » à l'occasion d'une émission de télévision ! Le but était alors de présenter une série d'astuces pour économiser de l'argent alors que le gouvernement de l'époque avait décrété, à la suite de la crise économique, la mise en œuvre d'une politique de rigueur. Aujourd'hui, je peux vous dire : « à bas la crise » !

S'ensuit alors tout un monologue durant lequel il explique que la chaîne de télévision a décidé de fêter l'évènement à sa manière. Pour ce faire, elle s'est entourée d'une équipe de professionnels de l'imitation avec, en guise de maître de cérémonie, Nicolas Gandeloup. La technique consiste à superposer les visages des personnes imitées sur les véritables comédiens. C'est alors que la tête du fantaisiste se substitue à celle du défunt acteur. Ah ! Les miracles de la technologie...

-	Ben mince alors ! C'était réussi comme faux semblant.

-	Je dirais plutôt, rajoute Françoise, « info semblant » ! Je suis certaine que tous les spectateurs sont tombés dans le panneau comme cela a été le cas en 1984. Les Français sont si crédules !

-	S'il n'y avait qu'eux...

Quoi qu'il advienne, Vincent sait ce qu'il doit faire : remettre la tisane à l'ordre du jour !

La Boite à Souvenirs

La sonnette de la porte d'entrée retentit dans l'ensemble de la maison. Jalya n'en éprouva aucune surprise, elle s'y attendait. Le livreur devait passer dans le courant de la matinée pour déposer son colis, il respectait fidèlement les clauses du contrat de transport.

La jeune Radéonienne ouvrit la porte, elle découvrit qu'il y avait en réalité deux individus pour livrer l'objet tant désiré. D'emblée, elle prit conscience de la grosseur du colis. Celui-ci mesurait deux mètres cinquante de long sur environ quatre-vingts centimètres de largeur, une seule personne aurait été dépassée par l'ampleur du convoi.

- Où dois-je le déposer, interrogea l'un des deux transporteurs ?
- Dans la salle de la bibliothèque, veuillez me suivre.

Elle prit la direction de la pièce en question, laquelle se situait dans le prolongement du salon. Une fois arrivés, les livreurs commencèrent à dégager le cœur du paquet de l'emballage qui le protégeait. Il s'agissait en réalité d'une boite qui ressemblait à un cercueil en métal argenté reposant sur un socle noir ébène. L'ensemble était surmonté par un hublot en verre renforcé situé près de l'une des extrémités (la plus charnue). Les deux Radéoniens ne purent s'empêcher de jeter un coup d'œil vers la lucarne pour savoir ce qui pouvait bien se cacher dans le ventre de la bête. Leur curiosité ne fut pas récompensée, car le verre était opaque, rien ne transpirait de l'intérieur. Jalya congédia rapidement les livreurs, elle avait hâte de mettre en branle la machine qu'elle avait payée si chèrement. Rendez-vous compte, cela représentait près de trois mois de salaire pour acquérir un appareil permettant de voir à distance la célèbre planète bleue, la seule de cette couleur existant dans l'immense univers Radéonien.

Désormais seule dans la maison, Jalya parcourut avec avidité la notice d'emploi qui accompagnait le colis. Lorsqu'elle avait vu la publicité à la télévision[7] Radéonienne qui vantait les mérites de cette machine, tout paraissait si simple... À présent, la réalité était tout autre.

« Pour profiter pleinement de votre transmetteur *interstellaire, veillez à respecter quelques règles de base. Après avoir relié l'appareil à une source magnétique, vous devrez saisir le câble qui s'extraira de sa base et le brancher sur votre conduit auditif. Un contact s'établira automatiquement avec votre cortex cérébral, vous pourrez alors découvrir ce qui se passe sur la planète bleue.*

L'originalité du transmetteur *réside dans la méthode utilisée, à savoir revivre les souvenirs de <u>l'un de ses véritables habitants</u>. Extrait de la planète par le vaisseau explorateur, Radeon 2, le spécimen a été ramené sur notre planète et placé aussitôt en stase électrique. Ni vivant ni*

---

[7] Le terme utilisé ici est le plus proche en langage terrien pour décrire cet outil.

mort, il est désormais à votre service pour vous accompagner sur sa planète originelle. La machine est autonome, car elle dispose d'une batterie incorporée ; elle nécessite toutefois un supplément énergétique dès qu'elle est sollicitée. Ce n'est assurément pas cher payé pour effectuer un voyage aussi extraordinaire, et ce sans quitter son domicile !

Bon voyage ! »

En fait, Jalya venait de réaliser que la machine était habitée par un extra-radéonien. L'idée ne l'offusquait pas fondamentalement : les castes existaient depuis la nuit des temps sur Radeon Dama, les êtres supérieurs – dont fait partie la jeune Radéonienne - avaient pour habitude d'utiliser à leur guise les êtres inférieurs. En kidnapper plusieurs pour les rapatrier à domicile n'effrayait plus personne de nos jours, alors compléter une équipe de domestiques par un larbin supplémentaire n'était pas de nature à fouetter un greffier de Chéneau[8] !

Non, Jalya était plutôt perturbée par l'idée de se connecter à un être vivant – même en léthargie profonde - pour accéder à un ersatz de paradis. Le mélange d'essences intimes, la première corporelle, la seconde cérébrale et la dernière émotionnelle, la révulsait habituellement, à l'image de la plupart de ses congénères. Jamais elle n'aurait imaginé être sur le point d'en arriver à une telle extrémité ! Mais l'idée de gaspiller ses économies la dérangeait

---

[8] Variété de chat radéonien vivant à l'état sauvage mais pouvant être domestiqué.

tout autant. Elle se résigna finalement à tenter l'expérience. Elle attendrait le soir pour s'y plier.

◆

Planète Radéon Dama
Soleil couchant

Malgré son aversion première, c'est plutôt un état de fébrilité qui anima la jeune Radéonienne durant la totalité de la journée. Alors, le soir venu, lorsqu'elle se trouva au pied du mur, tout son être était frissonnant. De fièvre ou d'excitation, elle aurait bien été en peine de le dire, mais après tout, elle ne devait se justifier devant personne !

Conformément aux indications de la notice, un câble sortit de la caisse et, tel un naja sur le point d'attaquer sa proie, se stabilisa à mi-hauteur de la pièce. Un léger bourdonnement avait précédé le mouvement. Lorsque Jalya daigna enfin s'approcher de l'extrémité du câble, l'initiative eut le don de le réveiller. Tout en retenue, il reprit sa course et s'approcha de la corolle qui se tenait au-dessus de la Radéonienne, à une dizaine de centimètres environ. Par son intermédiaire, Jalya pouvait distinguer des milliards de sons différents à la fois, les localiser très précisément, et ce grâce à son extrême mobilité. Pour l'heure, cela lui permettrait de découvrir d'autres sensations...

Au bout d'une poignée de secondes, le câble était prêt à s'arrimer au conduit auditif. Au moment du contact, Jalya ne ressentit rien de plus qu'une légère caresse. Elle s'attendait à ce que cela soit plus douloureux, aussi s'en trouva-t-elle rassurée. Puis, une onde de chaleur commença à se diffuser progressivement à l'échelle de tout son corps. À nouveau, cette sensation était plutôt agréable. L'instant d'après, celle-ci se transforma en une impression de chute rapide jusqu'à un atterrissage brutal.

Lorsque Jalya rouvrit ce qui faisait office d'orifices de vue, tout son environnement habituel avait disparu. À la place se tenait un drôle d'endroit, qui n'avait rien à voir avec une construction radéonienne traditionnelle. D'abord, l'éclairage très limité ainsi que la brume ambiante ne permettaient pas de distinguer les limites exactes de la salle, mais de toute façon, ce qui transparaissait démontrait clairement que Jalya était arrivée sur la planète bleue.

- Holà tavernier, sers-moi une bière de ton meilleur tonneau !

- Bien sûr, monseigneur. Toutes mes barriques vous sont ouvertes.

Le plus incroyable dans cette histoire était que la requête provenait de la bouche même de la Radéonienne. Son premier réflexe fut de se palper le visage. Horreur ! Il n'avait aucun point commun avec celui d'une personne native de la planète Radéon Damya. Pire même ! Le câble avait disparu en même temps que le *transmetteur*. Son utilisatrice devait se rendre à cette évidence, l'illusion était parfaite. Jalya se concentra sur la scène qui se présentait à elle. Ne s'agissait-il pas d'une reconstitution en 3D d'un monde *Alien* qui coûtait une fortune ?!! Il ne fallait pas bouder son plaisir... Pour l'heure, elle se tenait près d'une table haute, immense et étroite à la fois, derrière laquelle trônaient des bouteilles de verre aux couleurs variées.

Le liquide qui fut servi par le propriétaire des lieux dans un ustensile transparent était de couleur brune, avec une légère tendance à bouillonner. Étrangement, l'origine du frémissement n'était pas liée à une quelconque source de chaleur. De prime aspect, cette boisson n'avait aucun équivalent avec ce qui était habituellement servi sur Radéon Damya. Pourtant, Jalya avala le tout d'une seule traite ! C'est sûr, elle ne maîtrisait pas tous ses gestes. Pire même ! Elle en redemanda...

- Tavernier, présente-moi sa petite sœur ! J'ai hâte de connaître toute sa famille.

Cette dernière méritait manifestement d'être connue, car les personnes installées le long du comptoir buvaient la même potion, pleine d'amertume en bouche et en même temps agréable à humer. Entre chaque gorgée, tous les buveurs portaient à leur bouche un drôle de bâton dont l'extrémité était incandescente. Une fumée s'en dégageait, elle aussi particulièrement odorante. D'aucuns la qualifieraient de malodorante, Jalya n'était pas de cet avis. Instinctivement, elle se douta que son corps-hôte connaissait bien ce type d'objet, elle en extirpa d'ailleurs un de ses nombreuses poches, toutes situées sur son large poitrail. Une fois enflammé, l'objet en question diffusa un nuage de fumée aux directions opposées, d'une part, vers la salle, d'autre part, à l'intérieur du corps de la

Radéonienne. L'effet fut immédiat ! Yeux révulsés, poumons en feu, gorge sèche, à l'image de ce qu'une drogue des quartiers interdits de la capitale pouvait susciter, Jalya adora cette nouvelle expérience.

Une grosse gorgée de bière humidifia son gosier, mais elle n'annihila pas pour autant les sensations liées au tabac. Le nom du produit en question émergea des souvenirs de son hôte, un peu comme une bouteille jetée à la mer s'échouant sur une plage. Une autre pensée se substitua à la première lorsqu'un mobilier de couleur noire adossé le long de l'un des murs attira son attention. Comme le nom inscrit sur sa façade avant en attestait, il s'agissait d'un piano droit Steinway & Sons, cela signifiait que l'ambiance du lieu pouvait être *musicale*. Encore un terme inconnu sur la planète Radéon Dama !

Son verre à la main, Jalya abandonna le comptoir – elle venait de découvrir le véritable nom de cette table - pour marcher jusqu'à ce curieux meuble. Le tabouret situé à son aplomb était diablement attirant, elle s'empressa de s'y asseoir. Instinctivement, ses mains se posèrent sur la partie horizontale qui se trouvait devant elles. La planéité parfaite de celle-ci était ponctuellement interrompue par la présence de charnières, démontrant ainsi que l'ensemble pouvait être relevé. Sous ce couvercle de bois vernis se tenait une succession de barres blanches et noires légèrement brillantes. Jalya en dénombra quatre-vingt-huit au total, dont une majorité de blanches.

Alors que ses doigts s'apprêtaient à les toucher, une sonnette stridente retentit, non pas dans la salle, mais à l'intérieur même de sa tête. La douleur qui en résulta l'obligea à s'isoler de tout ce qui se passait autour d'elle. Elle eut même le sentiment de perdre conscience. Un nuage gris l'enveloppa...

La boite à souvenirs fonctionnait pendant un certain délai. Passé ce cap, elle coupait court à la séance. Un tel mode de fonctionnement était logique après tout ! En ménageant le suspense, il renforçait le désir de renouveler l'expérience.

◆

Planète Radéon Dama
Soir suivant

Le mode d'emploi était incomplet. Il ne précisait pas du tout dans quelles circonstances s'opérait la séparation entre l'hôte et son passager. Son rédacteur avait omis de décrire toutes les sensations douloureuses qui allaient de pair avec la dissociation... Quand deux âmes sœurs coupent le pont entre elles, cela génère toujours des étincelles !

Malgré ce lourd tribut, Jalya n'avait qu'une seule envie, poursuivre l'expérience. Le retour au *bercail* se passa sans encombre. Le phénomène de chute s'avéra plus prononcé que la première fois, mais ce coup-ci, Jalya s'en sortit mieux. L'état nauséeux de la veille n'était plus qu'un lointain souvenir.

Lorsqu'elle rouvrit ses yeux, elle était assise devant le piano. Ses doigts reprirent là où ils s'étaient arrêtés, à savoir caresser les quatre-vingt-huit touches de cet instrument de musique. Sa progression était notable, des termes auparavant inconnus ne l'étaient plus à présent. En revanche, en quoi consistait la musique, elle n'en avait encore aucune idée !

Ses doigts s'emballèrent sur le clavier et Jalya comprit alors ce qui se passait, le son généré par le piano était de la musique. La succession des sons s'avéra même agréable, car aucun d'entre eux n'était en discordance, la suite était logique. Il y avait même une forme d'harmonie générale qui procurait en elle un sentiment jusqu'à ce jour inhabituel, pour ne pas dire plus ! Elle prenait du plaisir à s'écouter jouer du piano.

La Radéonienne ne fut plus seule au bout de plusieurs minutes, quelqu'un venait de s'adosser au piano et lui faisait face.

- Salut ! C'est quoi comme morceau de musique ?

La personne en question se différenciait des autres clients du bar par sa morphologie. Des cheveux longs entouraient son visage, deux excroissances dépassaient de sa poitrine, ses hanches débordaient aussi, mais plus légèrement, avant de se réunir en une paire de jambes plutôt fines. Elle arborait un sourire éclatant.

- Je suis un passionné des œuvres de Sir Charles Hubert Hastings Parry, répond Jalya. J'essaie de reproduire sa symphonie connue sous le nom de « l'Université ».

- Ne vous arrêtez pas pour moi, continuez s'il vous plaît. Vous y parvenez très bien !

Avant de réinvestir le clavier, la Radéonienne but en totalité sa pinte de bière. Son auditrice n'ayant rien à boire, une nouvelle commande de boisson fut passée. Puis, la musique reprit son cours...

La séquence musicale dura une éternité !

À la fin, tout le monde applaudissait, la prestation était excellente.

Plus tard dans la nuit, alors que tous les clients avaient déserté le Pub, Jalya et Marie Jeannette – cette dernière avait fini par se nommer - sortirent les bras dessus dessous. Dehors, la pénombre était de rigueur. Le soleil était encore loin de paraître à l'horizon. Du reste, tous les immeubles qui bordaient la rue repoussaient encore plus cette échéance. Aussi, il fallait compter sur la faible lumière distillée par la Voie lactée pour espérer retrouver son chemin dans le dédale des petites rues du quartier.

- Où va-t-on à présent, s'enquit Jalya ?

- Chez moi. J'habite à un pâté de maisons d'ici. Je loge dans une petite cour du 26 Dorset Street, le 13 Miller's Court. Ça vous tente ?

- Bien sûr. Si en plus, il y a de la bière, ce sera le pied !

L'appartement n'était effectivement pas très loin. Enfin, le terme en question était disproportionné par rapport à la taille du logement, celui de chambre de bonne était plus de circonstances. Son entrée était toutefois originale : la serrure de la porte ne fonctionnant pas, il fallait passer la main par un trou dans la fenêtre à proximité immédiate pour ouvrir celle-ci. Jalya ne s'en offusqua pas pour autant. Peu importe le flacon, pourvu qu'on ait l'ivresse !

Très rapidement, Jalya ressentit une sensation bizarre au niveau de son entrejambe. Un brusque afflux de son flux corporel dans cette partie du corps l'interrogea, laquelle avait d'ailleurs augmenté de taille. Le phénomène avait commencé lorsque Marie Jeannette s'était déshabillée avant de se coucher complètement nue sur l'unique lit de la pièce. L'environnement proche n'y était pour rien tant il était triste à mourir.

Jalya rejoignit la jeune femme, mais sans se départir de ses vêtements. Ses deux mains entreprirent de caresser la totalité de son corps. Les gestes étaient tantôt doux, tantôt plus appuyés. Ce contact physique émoustillait chaque partenaire, mais en des endroits différents. Manifestement, la bouche de Marie Jeannette était la plus concernée tant elle n'arrêtait pas de geindre. Chez son partenaire, le bas ventre était quasiment sur le point d'exploser.

Alors que le rythme des gémissements demeurait stable, il en allait bien différemment chez Jalya. À présent, son émotion avait quitté le bas de son corps pour s'attarder dans sa tête, provoquant au passage un retour à la normale de son entrejambe.

La chaleur occasionnée provoqua un effet inattendu, sa vision était devenue rouge. Cette couleur se déclinait en plusieurs tonalités qui allaient du clair au plus foncé, et si elles perturbaient son champ de vision, elles n'en empêchaient en rien de discerner ce que ressentait son hôtesse, un immense plaisir.

Ses baisers devinrent de plus en plus passionnés, voire même rageurs. De cette manière, peut-être parviendrait-elle à ramener le feu plus bas ? Pourtant, en son for intérieur, il lui manquait un outil et elle savait où le trouver.

Alors que ses doigts s'apprêtaient à le saisir, une sonnette stridente retentit, non pas dans la salle, mais à l'intérieur même de sa tête.

Jalya connaissait la suite...

Planète Radéon Dama
Un peu plus tard

Le retour à la normale ne se passait pas comme prévu. La curiosité n'était plus de mise. Un sentiment de frustration avait désormais pris le relais. Plus la Radéonienne réfléchissait, plus la pensée qu'elle n'occupait pas le bon corps revenait sans cesse. Jalya jalousait celle qui s'était laissé caresser durant tout ce temps passé au lit, elle donnerait tout pour l'expérimenter elle-même, mais en vrai ce coup-ci. Sur sa planète, il n'existait pas de comportement équivalent, la vie y était tellement aseptisée...

Ne sachant plus trop quoi faire, elle entreprit de relire le mode d'emploi de la machine, histoire de savoir si elle n'avait rien raté d'important. À l'image de la notice d'un médicament, celle-ci précisait peut-être les éventuelles contre-indications. Jalya n'avait effectivement pas tout lu comme elle aurait dû le faire :

« *Lorsque le* transmetteur *est relié à une source magnétique, veillez à ne pas intervertir les polarités, car, le cas échéant, la stase électrique serait annihilée. La protection du corps ne serait alors plus maintenue. Il serait alors impératif de remplacer son alcôve. Pour ce faire, vous devrez contacter le service après-vente à l'adresse ci-après [...]*»

Malheureusement, l'adresse était manquante, la faute en revenant à une rayure mal placée. Peu lui importait ! De toute façon, Jalya n'envisageait pas de se plaindre auprès du vendeur, elle avait d'autres greffiers à sacrifier...

Les minutes se succédaient et la frustration se transformait progressivement en énervement, l'épuisement n'était plus très loin. Une seule issue pour en neutraliser les effets, transformer l'illusion en réalité.

Sur sa planète, la fonction qu'elle occupait était essentiellement administrative. Rien de plus normal pour quelqu'un de sa caste ! Toutes les études que Jalya avait suivies l'avaient prédestinée à servir Radéon Dama de cette manière. Mais la Radéonienne avait aussi pour principe de ne jamais mettre tous ses serviteurs dans la même pièce, elle avait trop peur qu'ils fomentent une révolution ensemble, aussi avait-elle engrangé quelques connaissances scientifiques. Pour le coup, elle espérait en tirer profit.

Sur l'un des côtés du cercueil, une aspérité brisait la parfaite rectitude du métal argenté. À coup sûr, cela dissimulait la trappe d'accès aux entrailles de la machine. Bingo ! Un simple effleurement de son tentacule suffit à l'ouvrir. L'intérieur était éclairé par une lueur bleutée qui venait de toute part. De temps à autre, un clignotement imperceptible venait rompre le charme qui se dégageait de la scène. Cela ressemblait à une forme de respiration ... qu'il suffisait d'interrompre. Plus facile à dire qu'à faire !

Inverser les polarités disait la notice. Ses maigres connaissances techniques ne suffiraient pas à réaliser l'exercice. Il fallait bien se résigner à faire une recherche dans la bibliothèque de données de l'inframonde, même au prix d'un tentacule, voire des deux. Fort heureusement, la documentation en la matière était exhaustive. Jalya apprit que, sur un moteur mono de ce genre, l'inversion des flux qui alimentent les charbons en carbone pur, source de l'énergie, serait le moyen d'y parvenir. Forte des images collectées, elle n'eut aucune peine à reproduire les bons gestes.

Rien ne se passa comme prévu ! Les mouvements de respiration avaient à peine ralenti leur rythme, une fois le travail terminé. Pourtant, la couleur bleue qui émanait de l'habitacle aurait dû changer, évoluer vers une teinte orangée (qui lui est opposée sur la gamme chromatique).

Déçue du résultat, Jalya se dirigea vers sa chambre, une bonne nuit de repos s'imposait.

- C'est vous qui m'avez conduit ici ? Qu'est-ce que je fais là ?

Jalya fut instantanément réveillée par cette voix impérieuse et, en raison de son intonation étrange, comprit aussitôt qui en était le propriétaire. Partager le corps d'un terrien présentait un double avantage, celui de comprendre sa langue originelle, et ce malgré la distance séparant les mondes respectifs des deux protagonistes. Manifestement, son bricolage avait fonctionné...

- Heu ! Pour répondre à votre première question, ce sont des livreurs qui vous ont amené dans ma demeure. Ensuite, vous êtes là pour mon bon plaisir !

- Foi de Jack dît l'Éventreur, ça va être le paradis pour tous !

Le _paradis_ ?!! Une nouvelle destination à visiter ?

L'éventreur, avait-il dit aussi ? Du verbe « éventrer » ? Cela représentait une différence de deux syllabes sur trois avec celui de « caresser », c'était peu et beaucoup à la fois !

Jalya s'interrogea tout de même : y avait-elle gagné au change ?

L'effet salamandre

La voiture était drôlement penchée, il suffisait d'observer la paire de dés suspendue au rétroviseur intérieur pour s'en apercevoir. C'est la première chose que Bruno remarqua en se réveillant, il était assis sur le fauteuil du copilote. Quant au conducteur, aucune trace de son existence ! Ensuite, l'homme commença à regarder autour de lui pour vérifier s'il n'y avait pas d'autres excentricités du même calibre. En fait, elles étaient nombreuses... La présence de végétation mêlée à des cailloux et de la terre à moins d'une dizaine de centimètres de son visage était la plus étonnante. Heureusement, le vitrage de sa portière encore intact le protégeait de son contact. Devant lui, l'homme pouvait apercevoir le prolongement du fossé dans lequel s'était encastrée l'automobile. Celui-ci tournait légèrement sur la gauche, signe que le véhicule s'était scratché au beau milieu d'un virage.

-Aïe !

Ce cri était sorti de sa bouche malgré lui. Bruno se demanda ce qui était le plus inhabituel : crier ou bien ressentir de la douleur ? Cela faisait une éternité que son système nerveux ne lui avait pas remonté ce type d'information. D'ailleurs, de quelle partie de son corps provenait-elle ? Bruno tenta une autopalpation pour déterminer ce qui n'allait pas, mais en vain. Sa ceinture de sécurité l'entravait dans ses mouvements, il était incapable de se détacher, la faute en revenant probablement à l'absence d'enrouleur et d'une attache bloquée. Manifestement, le choc avait été suffisamment fort pour abimer simultanément le contenant et son contenu.

Une sensation de chaleur se matérialisa derrière sa cuisse droite. Bruno remarqua une échancrure à ce niveau de son pantalon, mais plus encore, la plaie qui apparaissait dessous.

S'extraire seul du véhicule se compliquerait dans ces conditions. Pourtant, la situation l'exigeait, car une odeur d'essence commençait désormais à s'infiltrer dans l'habitacle. Aussitôt, une image s'imposa à Bruno, celle d'un bûcher, celui des trois femmes auquel il assista plusieurs siècles auparavant. À l'époque, il n'était pas question d'essence pour déclencher le feu rédempteur, une simple torche dont l'extrémité était imbibée de gras de porc suffisait.

Lorsqu'il avait quitté Castelnaudary, peu de temps après sa transformation, Bruno s'était lancé sur les routes du royaume de France pour rencontrer ses éventuels frères ou sœur de sang, non pas le sien, mais celui de la salamandre. Son maître, Pierre-Jean Fabre, le célèbre alchimiste, était formel : Bruno n'était pas le seul à avoir bénéficié de la potion de la vie éternelle, d'autres avaient profité des mêmes largesses qu'il lui avait prodiguées.

Son itinéraire l'avait mené dans le nord de la France, plus précisément dans la région de la Pévèle. Là, il avait assisté au procès de trois femmes accusées de sorcellerie. Seul contre toute une population hostile, il n'avait pas pu leur être d'un grand secours. Après leur mort, il avait essayé de vérifier si elles étaient en mesure de renaître de leurs ... cendres. Après tout, si elles avaient goûté au même élixir, elles avaient peut-être hérité du même pouvoir, à savoir survivre aux effets d'un incendie. Las ! Rien n'y avait fait. *Mémento, homo, quia pulvis es, et in pulverem reverteris*, autrement dit : « Souviens-toi, homme, que tu es poussière et que tu redeviendras poussière ». L'adage valait également pour la gent féminine.

- Aah !

À la longue, toutes les onomatopées de la langue française en lien avec la douleur allaient finir par y passer. Et dire qu'il devait cette leçon de français à sa séance d'auto-stop ! Pourtant, il aurait dû s'en douter lorsque cette jeune femme s'était arrêtée à son niveau. Avec sa coiffure rasta, une Peugeot 504 datant du siècle dernier, elle n'avait peur de rien : embarquer un autostoppeur au look improbable comme le sien n'était pas de nature à l'effrayer, conduire après avoir fumé un joint non plus. Seul problème, cela ne rimait pas avec une *bonne* conduite.

Au début, la promenade avait été agréable, bien qu'inconfortable, mais la situation s'était rapidement dégradée. Les effets délétères du cannabis avaient fini par avoir raison de sa capacité à dompter les soixante-treize chevaux vapeur de la voiture. Une entrée de virage mal négociée et la 504 avait mordu la chaussée ; le reste avait été d'une logique implacable...

Mais alors, qu'était devenue la jeune femme ?

Aurait-elle été éjectée du véhicule ? Le pare-brise n'étant pas brisé, comment s'était-elle débrouillée pour y parvenir dans ce cas ? Autant de questions qui traversaient la tête de l'homme, autant qui restaient sans réponses.

L'odeur d'essence de plus en plus entêtante n'était pas de nature à faciliter sa concentration, cela allait de pair avec l'augmentation de la douleur. Décidément, c'était la journée des nouveautés ! La dernière fois qu'il avait éprouvé une telle sensation, cela remontait au début du XVIIème siècle. En ces temps reculés, Bruno avait régulièrement des maux de ventre, à l'image du roi Louis XIII. Pierre-Jean Fabre avait réussi à soigner le souverain, il avait récidivé avec son élève. Seule différence, si le roi avait eu droit à un traitement basique pour l'époque, Bruno avait bénéficié d'un soin qui avait été bien au-delà de toutes ses espérances. La salamandre était passée par là... En retour, l'homme avait hérité de ses pouvoirs et de sa capacité à se régénérer. Il avait même perdu toute sa pilosité à l'image du reptile, mais ce n'était pas cher payé pour avoir le droit de devenir immortel.

Bruno s'était souvent demandé pour quelle raison il avait bénéficié de cette faveur alors que le roi de France n'avait pas connu les mêmes égards. Son bienfaiteur avait finir par lui avouer sa principale motivation :

-     Un monarque absolu ne peut pas devenir immortel. Le cas échéant, il deviendrait encore plus despote qu'il ne l'est !

Pierre-Jean Fabre était un révolutionnaire avant l'heure, il s'était trompé d'époque. Il aurait sûrement préféré le siècle suivant...

- Quant à toi, tu profiteras de la longue vie qui s'annonce pour, à l'image de tes semblables, acquérir une bonne dose de sagesse. Il t'en faudra beaucoup pour passer le cap des siècles à venir.

Bruno avait retenu un seul mot dans toute cette litanie, celui de « semblables ». Son cas n'était pas isolé, il existait de par le monde des gens qui avaient goûté au même nectar permettant la vie éternelle. Pourtant, le message de son maître lui ouvrait un horizon plutôt fermé.

- Bruno, mon fidèle servant, tu ne pourras plus rester à mes côtés contrairement à ce que tu escomptais lorsque je t'ai pris à mon service. Que diront les habitants de Castelnaudary lorsqu'ils s'apercevront qu'au fil du temps ton visage restera inchangé à la différence des leurs ? Très rapidement, ils t'accuseront de sorcellerie. Pire même, ils en viendront à m'accuser de cette diablerie. Tôt ou tard, nous finirons sur un bûcher. Ce n'est pas ce que tu veux, n'est-ce pas ?

Bien évidemment, l'homme ne chercha pas à contredire son sauveur, cela aurait été plutôt mal venu.

- Dans ce cas, tenta d'argumenter Bruno, prenez la même potion et partons ensemble vers d'autres contrées où personne ne nous connaîtra.

- Non, je ne le souhaite pas. Ma préparation médicinale stoppe la mort de nos fluides corporels, elle ne permet pas de les rajeunir. Tu m'imagines vivre éternellement dans le corps d'un vieillard ?

La messe était dite !

Mais Pierre-Jean Fabre avait (volontairement ?) occulté une part non négligeable de ce qui impacterait la vie quotidienne de son protégé. *Pour vivre heureux, vivons cachés* ! Le proverbe est bien connu, l'alchimiste s'était gardé de l'évoquer. Rester trop longtemps au même endroit, et pas seulement à Castelnaudary, avec un physique juvénile susciterait invariablement beaucoup d'interrogations. Se mettre en ménage avec une jeune femme et, au bout de plusieurs décennies, ressembler davantage à son fils qu'à son mari serait tout autant lassant à la longue.

Les années passant, cette vie en marge de la société prit un tour encore plus erratique lorsqu'au début du vingtième siècle, la carte d'identité s'imposa dans la société. Sans elle, bénéficier de tous les avantages procurés par le progrès (dans les domaines de la santé, du travail, etc.) devint très rapidement une gageure. Une photo d'un individu âgé sur le papier présentant le physique d'un jeune premier faisait inévitablement tache dans le paysage environnant. Bruno vint alimenter les rangs des clochards, ces derniers se moquant bien de ce qu'il avait fait auparavant ou de ce qu'il s'apprêtait à commettre.

Se suicider pour mettre fin à ce long, très long calvaire ? Impossible de passer à l'acte ! Chaque fois que cette pulsion lui traversait l'esprit, l'image de son corps agonisant le stoppait net dans son projet, sûrement une réminiscence de son instinct de survie. Pourtant, il aurait eu plusieurs motivations légitimes à passer à l'acte, la première d'entre elles, celle d'avoir assisté à la mise à mort de toutes ses consœurs accusées de sorcellerie. Aucune d'entre elles n'avait pu échapper aux supplices du bûcher.

Aujourd'hui, c'est lui qui allait subir les mêmes effets, mais ce coup-ci, pour avoir accepté d'être pris en auto-stop par une charmante jeune fille !

À présent, Bruno avait réussi à déterminer l'origine de sa souffrance. Du bout de la main, il avait senti l'objet qui dépassait de sa plaie, une longue tige métallique. De par sa présence, toute reconstitution de sa peau était rendue impossible, permettant ainsi à son fluide vital de s'écouler loin de lui. En contrepartie, une certaine torpeur commençait à s'installer. L'homme avait de plus en plus de mal à conserver les yeux ouverts, il devait même se pincer pour rester éveillé.

Mais, après tout, est-ce que cela valait encore la peine de résister ?

Une lumière blanche illumina brièvement l'habitacle de la voiture. Visiblement, quelqu'un arrivait... Mais le signal ne se répéta pas. Bruno aurait-il rêvé ? À partir du moment où Morphée lui tendait ses bras, c'était la suite logique de l'histoire. Ses yeux se refermèrent.

Un choc contre le vitrage côté chauffeur le fit sursauter bien malgré lui. Une figure vaguement connue apparut alors dans l'encadrement, il s'agissait de la jeune femme, propriétaire du véhicule.

- Vous êtes sauvé, j'ai prévenu les secours. Ils arrivent dans très peu de temps, tenez bon !

Plus facile à dire qu'à faire, Bruno sombra dans l'inconscience la plus totale.

◆

CHD des Oudairies, le surlendemain
17h40

Bruno se trouvait dans une chambre totalement blanche. Il n'en avait pas l'habitude, lui qui passait le plus clair de son temps à coucher sous les ponts – quand bien sûr, l'un d'entre eux se trouvait sur son chemin. Son bras était relié à une machine complexe qui surveillait de près l'évolution de son rétablissement, car oui, Bruno était sain et sauf.

L'homme ouvrit enfin les yeux.

Il n'était pas seul dans la chambre.

- Hello ! Comment vous sentez-vous ?

La précédente scène avait mis en exergue la conductrice de la 504, la suivante repartait avec les mêmes protagonistes. Bruno n'eut pas la force de la saluer à son tour. Il se remettait difficilement de son accident qui l'avait laissé sur le carreau comme jamais auparavant !

- Vous savez, nous sommes extrêmement liés depuis votre arrivée ici. Vous aviez besoin d'une transfusion sanguine, je me suis portée volontaire pour vous donner un peu de mon sang. Comme j'étais responsable de votre infortune, il était normal pour moi de réparer mon erreur.

L'homme comprit qu'il ne serait plus le même à compter de ce jour. Une idée lui traversa l'esprit.

- Par hasard, n'auriez-vous pas un miroir à proximité ? lui demanda-t-il.

C'est bien connu, l'homme descend (seul) de Mars, la femme de Vénus et celle-ci est venue avec un sac à main en guise d'unique bagage. Si cet objet suscite autant de méfiance chez le premier, il n'en demeure pas moins qu'il est une véritable cache d'écureuil. À l'intérieur se trouvait un miroir, certes de petite taille, mais qui avait le mérite d'exister.

- Que voulez-vous en faire ?

- Je souhaiterais pouvoir regarder mon visage.

- Pas de problème, mais ne vous inquiétez pas. Votre blessure à la jambe était profonde. Fort heureusement, les pompiers sont parvenus à endiguer l'hémorragie après avoir retiré l'aiguille métallique qui avait perforé le muscle. RAS pour le reste, vous êtes intact !

Une aiguille métallique ?!!

Normal, diriez-vous, pour un véhicule antique !

Joignant le geste à la parole, elle le présenta au blessé. Bruno put alors contempler son reflet. Ce qu'il observa le surprit grandement : sa barbe avait poussé à l'image de ses cheveux, c'était la première fois depuis sa métamorphose plusieurs siècles auparavant. Presque une éternité !

L'homme saisit toute l'ampleur de cet événement qui, pour la plupart des gens, était plutôt anodin, mais qui à ses yeux signifiait une renaissance. Bruno avait perdu sa peau de salamandre, il avait retrouvé en échange son enveloppe humaine et la date de péremption correspondante. L'individu était de nouveau mortel.

L'immortalité lui avait permis de comprendre une chose essentielle : la vie ne vaut la peine d'être vécue qu'à partir du moment où elle est courte, l'ennui guette toujours le voyageur au long cours.

La jeune femme était jolie, Bruno venait de s'en apercevoir. Il y avait là matière à approfondir en attendant la suite...

Ainsi sera-t-il !

Domicile de David

Vendredi 11 mars 2022, fin de soirée

David était heureux à l'idée de ce qu'il s'apprêtait à vivre, passer une soirée à dévorer un bon livre sous une tonne de couvertures. L'un n'allait pas sans l'autre ! Ce coup-ci, à la médiathèque communale, le jeune homme avait mis la main sur une véritable pépite, le premier tome des mémoires de Casanova (1725-1744) publié en 1967 par l'éditeur « Le Livre de Poche ». Cette version présentait l'avantage d'être complétée par des notes explicatives abondantes permettant de restituer le contexte historique de l'ouvrage. Au cinéma, David avait eu l'occasion de voir deux films consacrés à ce personnage. Le premier, réalisé par Luigi Comencini, évoquait la jeunesse de ce séducteur emblématique du XVIIIème siècle, le second, création du célèbre cinéaste Federico Fellini, s'attardait sur l'aspect négatif du personnage qu'il jugeait infantile et narcissique. Le visionnage de ces œuvres majeures du cinéma italien avait donné l'envie à David d'en savoir plus sur ce Giacomo Casanova, alors quand le livre de ses mémoires s'était opportunément présenté à lui, il avait saisi la balle au bond !

Histoire de retarder son plaisir, pour finalement mieux apprécier celui-ci, David prit l'ouvrage à pleines mains et l'ouvrit au niveau des deux pages centrales, puis le porta au droit de son nez. En fait, il adorait respirer l'odeur d'un bouquin. Pour lui, un objet sans parfum était par nature imparfait. La qualité de chaque chose tenait aux arômes qui s'en dégageaient. Par exemple, alors que David avait peur de la mort, le seul moyen pour participer à une cérémonie d'enterrement était rendu possible par la perspective de respirer l'encens qui accompagnait invariablement la procédure.

Longue inspiration, bref plaisir ! La raison ? La chute de ce qui semblait être un marque-page tout droit sorti de son livre. Rien d'illogique en soi, un tel outil est souvent indispensable pour la plupart des lecteurs. En revanche, sa forme était plutôt inhabituelle. Selon toute vraisemblance, il s'agissait d'un bracelet de maternité de couleur bleue, ultime souvenir laissé sans doute par son précédent détenteur. David le recueillit dans le creux de sa main et l'examina de plus près.

- Bon sang ! C'est quoi ce délire ?!!

D'un côté, il y avait donc ce liseré bleu, bien visible pour que l'on sache sans ambiguïté de quel sexe était son possesseur. De l'autre, la surface du bracelet était blanche, mais pas en totalité. Il y avait surtout une inscription qui se détachait en caractères légèrement saillants. La surprise de David n'était pas causée par leur forme, mais pas ce qu'ils racontaient.

« Jonathan   Antoine   Prieur,   né   le 25/08/2025 ».

Il ne pouvait s'agir que d'un vœu pieux ou plus sûrement d'un canular !

OK ! Mais quel pouvait être l'intérêt de créer un marque-page à partir d'un faux et de surcroît guère esthétique ? Aujourd'hui, il en existe tellement sur le marché, tous plus originaux les uns que les autres, que l'idée d'en fabriquer un soi-même ne pouvait être qu'une démarche un peu vaine, voire parfaitement dérisoire. En réalité, quelque chose chagrinait David. Habituellement, un lecteur avéré ne peut se contenter d'outils de bas étage pour l'accompagner dans son désir d'enrichissement littéraire. Dans ces moments-là, il cherchera même à utiliser des objets chers à son cœur.

Désormais, un doute s'était installé dans l'esprit du jeune homme, pas de manière importante certes, néanmoins suffisant pour l'empêcher de poursuivre sereinement sa lecture. Le seul moyen pour en atténuer les effets, c'était de prendre la décision qui s'imposait en pareil instant, c'est-à-dire d'aller à la médiathèque dès le lendemain matin pour y mener sa petite enquête.

Médiathèque de Vouillé-la-Bataille

Le lendemain

David était un vieil habitué de la médiathèque vouglaisienne et, à ce titre, il en connaissait tous les responsables. Cette fois-ci, l'accueil était assuré par Irène. Cette personne retraitée intervenait ici en tant que bénévole, elle adorait discuter avec chaque usager du lieu. Le jeune homme figurait parmi ceux-ci.

-     Bonjour David, tu es déjà de retour ? Ne me dis pas que tu as lu tous les ouvrages récupérés la semaine dernière ?!!

-     Non, pas encore. En revanche, j'ai trouvé à l'intérieur de l'un de mes livres un marque-page qui devrait manquer à son propriétaire.

Irène s'empara de l'objet en question et l'examina soigneusement. Son visage parcheminé n'exprima aucune émotion particulière. Manifestement, la date indiquée au dos du bracelet n'intriguait que le jeune homme. Elle reprit :

-     Il provenait de quel ouvrage ?

-     Le premier tome des mémoires de Casanova.

La bibliothécaire délaissa ensuite le marque-page au profit de son clavier d'ordinateur. Elle lança une recherche qui dura peu de temps, l'informatique présentant l'immense avantage de retracer instantanément le parcours d'un document mis à la disposition du public.

-     Votre prédécesseur s'appelle Jean-Pierre Delmas. C'est un habitué de la médiathèque. Il vient d'ailleurs tous les samedis matin, la plupart du temps entre 12h00 et 12h30, pour récupérer ses réservations de livres. Si tu souhaites lui donner en main propre ce bracelet de bébé, il te faudra patienter un peu.

-     Bon ! Je ne sais pas encore si je serais ici... De toute façon, ma présence n'est pas impérative. D'ici là, j'en profiterais pour vérifier s'il n'y a pas des nouveautés.

-     Pas de problème ! Je te préviendrais de sa venue si tu es toujours dans les parages.

La médiathèque de Vouillé était un magnifique équipement qui avait succédé à une bibliothèque municipale d'un autre temps.

Autrefois nichée au dernier étage d'une vieille maison bourgeoise, elle offrait la possibilité aux visiteurs capables gravir les deux niveaux – il ne fallait pas être une personne à mobilité réduite ! – de découvrir des bandes dessinées, des romans en tous genres, mais à la condition de ne pas être très difficiles ! À présent, il en était tout autrement ! Jeunes ou vieux trouvaient ici matière à s'évader culturellement parlant.

En dépit de ce qu'il avait indiqué à madame Irène, David était toujours en manque de bouquins. Fort de ses 17 ans, le jeune homme n'avait encore aucune idée sur ce que devait être son avenir, aussi il adorait aborder des sujets qui allaient de la littérature aux sciences expérimentales en passant par les sciences humaines. Son besoin en connaissances était sans limites !

Habituellement, il parcourait tous les rayons du rez-de-chaussée. Il y avait là les bandes dessinées (pour les adultes et les enfants), les romans policiers, les journaux de la semaine, bref les amuse-gueules ! L'étage était dédié aux ouvrages spécialisés ou dits de *grande* littérature. David profiterait de la circonstance pour investir l'espace. Accessoirement, cela lui permettrait de mieux repérer les visiteurs dans le bâtiment. En réalité, ses recherches stoppèrent au bout de quelques minutes seulement, quelqu'un venait d'entrer et, après un bref échange avec madame Irène, celle-ci vint rejoindre David.

-     Ton prédécesseur est arrivé, annonça la dame. Si tu souhaites lui parler, c'est le moment ou jamais !

-     Je vous suis.

D'âge indéterminé, l'individu était de taille moyenne et portait un costume trois-pièces. En dehors de cette relative particularité – qui s'habille de la sorte le week-end quand tout le monde préfère opter pour une tenue décontractée ? -, son physique était d'apparence banale. L'homme n'était pas venu les mains vides, un chariot de course l'accompagnait.

En parvenant à ses côtés, David put apercevoir ce qui s'y cachait, à savoir des livres et de la ... nourriture, des morceaux de viande pour être plus précis – facilement reconnaissables à leur emballage. Après tout, rien d'anormal à ce type de cohabitation : les premiers nourrissent l'esprit, les seconds, l'estomac, c'est bien connu !

-     Alors, c'est vous qui avez retrouvé mon marque-page ? s'enquit l'homme.

-     Je n'ai aucun mérite, il m'est littéralement tombé entre les mains.

-     Ah ! Vous méritez néanmoins une récompense pour ne pas l'avoir jeté à la poubelle. Cet objet m'est précieux.

-     Est-ce pour la date inscrite à l'intérieur du bracelet ? J'ai remarqué qu'elle se situe dans le futur. Surprenant, non !

Son interlocuteur en resta coi, son teint blêmit même. Visiblement, il ne s'attendait pas à ce genre de question. Après un bref moment de réflexion, il reprit la parole.

- Oh ! Je constate que vous êtes un fin observateur en plus d'être une personne honnête, c'est tout à votre honneur. En réalité, ce bracelet appartient à mon filleul et, à sa naissance, il y a eu une erreur d'impression : l'année 2015 s'est malencontreusement transformée en 2025.

- Bien sûr, imaginer qu'il est né dans le futur équivaudrait un peu à croire au père Noël.

- Je ne vous le fais pas dire ! En tout cas, encore mille mercis de me l'avoir ramené. Si un jour vous avez besoin de moi, je me ferais un plaisir de m'y employer. À présent, vous voudrez bien m'excuser, mais je suis pressé et je dois repartir avec un nouveau stock de livres. Comme l'heure de la fermeture approche, plus de temps à perdre !

Puis la discussion s'interrompit brutalement. David savait qu'il n'obtiendrait pas d'autres informations. Certes, l'explication était plausible, mais un détail chagrinait le jeune homme. Le silence qui s'était glissé dans la conversation ressemblait plus à une fausse note dans une partition qu'à un effet de mélodie. Ensuite, son souci de clore l'échange séance tenante était un autre signe. David devait creuser la question... D'accord, mais comment procéder ? Si l'individu était venu avec un chariot, c'est qu'il n'habitait probablement pas très loin. Dans le cas contraire, il se serait contenté d'emporter uniquement un sac pour les livres, il aurait laissé ses provisions dans son véhicule. L'idée d'engager une filature plaisait à David, cela mettrait un peu de piment dans son quotidien d'étudiant sur les dents. De plus, la perspective de suivre un piéton serait d'autant plus facilitée qu'il disposait d'une trottinette électrique, l'outil idéal pour réagir instantanément à tout changement de direction. Qui sait ? En découvrant la tanière de la « bête », cela lui permettrait peut-être d'en apprendre plus sur le personnage.

12h30 tapantes. Le moment était venu pour que chacun rentre chez soi. L'heure, c'est l'heure ! Irène scruta autour d'elle pour déterminer le nombre exact de retardataires, cela l'agaçait de savoir que son déjeuner refroidirait à cause d'eux. Aujourd'hui, c'était son jour de chance ! Deux clients seulement à traiter, l'affaire devrait être rondement menée.

Monsieur Delmas fut le premier à dégainer. Huit romans à déclarer, cela allait durer une éternité selon David ! Il en profita pour s'éclipser discrètement. De toute façon, il n'avait rien trouvé d'intéressant – son état d'esprit n'y était pas. Dehors, il s'installa sur l'un des bancs situés non loin de la médiathèque. C'était l'endroit idoine pour entamer une filature.

Les minutes s'égrenèrent rapidement avant qu'un chariot de course ne précède la sortie de l'homme, madame Irène avait été efficace pour tout enregistrer. L'adolescent comprit en cet instant qu'il fallait mieux venir en fin de séance plutôt qu'en début, il aurait au moins appris quelque chose aujourd'hui. Une fois le seuil passé, Delmas contourna le banc où était David, sans se préoccuper de lui, et prit la direction du centre-bourg.

La chasse pouvait commencer…

David patienta un certain temps avant de se relever, celui qu'il fallait pour donner suffisamment d'avance à sa cible, oui, mais sans plus. L'homme suivit la rue Clovis dans un premier temps avant de s'orienter vers la piscine. Jusque-là, tout se passait bien. Delmas ne daigna même pas se retourner, histoire de savoir s'il était suivi. Du reste, pour quelle raison aurait-il dû s'en soucier ? Il n'avait rien à se reprocher !

Le parc de la Gorande était désormais l'objectif de l'homme au chariot. Il serait à présent plus difficile pour David de ne pas se faire remarquer au beau milieu de ce grand espace vert, surtout si le nombre de promeneurs venait à se réduire de façon drastique. Le jeune homme n'avait encore rien vu !

Après avoir contourné l'amphithéâtre, monsieur Delmas s'achemina vers les contrebas du parc, non loin de la rivière de l'Auxance. Si tout était artificiel côté parc, il en était différemment le long du cours d'eau. Les arbres couverts de mousse participaient à maintenir une ambiance pleine de fraicheur, et ce même si une canicule encerclait la zone. La tranquillité régnait ici en maître, à peine troublée par les gargouillis de l'eau courante. Malgré tout, le secteur cachait en son sein une cabane faite de bric et de broc qui résistait tant bien que mal à l'avancée de la nature, celle-ci semblait manifestement être la destination de Delmas. Souvent utilisée par les garnements de la commune en guise de lieu de rencontre, ces derniers n'en avaient visiblement pas le monopole... Le chemin se transformant en impasse au-delà du cabanon, toute autre issue était impossible sauf s'il s'agissait de vouloir se noyer dans l'Auxance. Hypothèse évidemment très improbable, le mystère s'épaississait donc. David força le pas (il avait mis de côté sa trottinette devenue inutilisable dans ce contexte), car à présent, il ne voyait plus qu'une vague silhouette se faufiler entre les arbres de plus en plus nombreux.

Tout à coup, un flash lumineux illumina le bois sans générer le moindre son. Il provenait de la cabane. Lorsque David parvint à son seuil, il constata qu'il était seul. Monsieur Delmas n'était pas là, ni ailleurs. En effet, depuis son emplacement, le jeune homme avait une très bonne vision de l'espace environnant, aucun être humain ne pouvait s'y dissimuler. Le mystère demeurait total !

Dans le local, il ne subsistait qu'une vague odeur d'ozone. David l'avait reconnue, car il avait déjà été confronté à ce type de « parfum » pour l'avoir « senti » en cours de sciences de l'ingénieur. Qu'est-ce qui avait pu produire un tel effet ? David s'accroupit pour mieux observer les moindres recoins de la pièce. Il ne subsistait aucune fenêtre, la toiture était percée en plusieurs endroits, le plancher sur le point de se disloquer, rien n'était en mesure ici d'attirer un adulte sain de corps et d'esprit.

Sur le sol, quelque chose de brillant attira l'attention du jeune homme. En fait, il y avait des éclats de métal d'aspect bleu argenté qui jonchaient ce qui restait du plancher. Rien d'étonnant à cela quand on connaissait l'historique des lieux, les jeunes sont si négligents ! Sauf que, dans le cas présent, ces débris étaient tous alignés sur une distance de deux mètres environ, ce qui était vraiment surprenant !

En dehors de cette particularité, l'examen du cabanon n'aboutit à rien de tangible permettant de comprendre ce qu'il était advenu de l'homme au chariot. Dans l'incapacité d'organiser une recherche plus minutieuse, il ne restait plus à David qu'à quitter les lieux et revenir chez lui.

De toute façon, il avait désormais une autre idée en tête...

Bord de l'Auxance

Samedi 19 mars 2022, milieu de matinée

D'après Irène, monsieur Delmas était un vieil habitué de la médiathèque de Vouillé-la-Bataille. Ses horaires d'arrivée étaient toujours les mêmes, l'homme surgissait vers 12h00 avant de repartir une demi-heure plus tard. Mais, à voir le contenu du chariot de courses, il était évident que Delmas procédait d'abord à l'achat de denrées alimentaires. En comptant quinze minutes de marche entre le cabanon et la grande surface commerciale, près de trois quarts d'heure pour faire ses emplettes et franchir ensuite le seuil de la médiathèque à midi, cela sous-entendait que l'individu sortait de la cabane entre 10h30 et 10h45... Bref, David s'était dissimulé dans le buisson le plus proche du cabanon dès 10h00. De cette façon, il était sûr de ne pas rater sa venue.

Le soleil était de la partie, ce qui agrémentait grandement l'attente, la scène finale n'en serait que mieux illuminée. Les oiseaux chantaient allègrement, ils se souciaient peu de la proximité de l'adolescent. Il est vrai qu'ils étaient habitués à la présence des hommes dans le secteur - enfin s'il restait encore une trace d'humanité parmi les usagers habituels de la cabane. Si leur moyenne d'âge physique se situait aux alentours de dix-huit ans, elle frisait la dizaine d'années si l'on en restait à leur zone cervicale.

Comme la fois précédente, la lumière fut éblouissante...

D'abord blanche, elle vira ensuite au bleu pétant, le tout dans un silence ... assourdissant. Cela fut néanmoins suffisant pour interrompre le chant des oiseaux.

La forme qu'elle revêtit fut également atypique. David eut l'impression de voir un coquillage – de type Saint-Jacques - s'ériger en face de lui sur une hauteur de près de deux mètres avant de s'effondrer en une multitude d'éclats irisés. À la place, il ne subsista rien d'autre que monsieur Delmas, lui et son chariot bien entendu !

Le moment était venu de lancer le contre-interrogatoire. Le jeune homme sortit de son abri de fortune, puis courut jusqu'à Delmas. L'effet de surprise fut immédiat ! Stoppé dans son élan, ce dernier resta bouche bée.

- Pouvez-vous me dire ce qui vient de se passer, lança David ?

Que pouvait répondre son interlocuteur en de pareilles circonstances ? Nier l'évidence serait assurément une perte de temps, raconter un bobard le serait tout autant. Lorsqu'un miracle a lieu, bien heureux le simple d'esprit, il admet le fait sans davantage se poser de questions. En l'espace d'une poignée de secondes, monsieur Delmas avait compris à qui il avait affaire, il ne fallait pas être sorcier. David était un garçon brillant, cela transpirait par tous les pores de sa peau. A minima, il pouvait essayer de biaiser...

- Jeune homme, si vous avez aimé lire les mémoires de Casanova, une œuvre littéraire terriblement prosaïque, cela vous surprendrait de savoir que ce personnage a aussi rédigé un ouvrage qui, bien avant celui de Jules Vernes, évoquait un voyage au centre de la Terre.

- Je l'ignorais. Mais quel est le rapport avec la grande lumière qui a précédé votre venue ?

- En fait, Giacomo Casanova voulait inviter ses lecteurs à méditer sur la pluralité de mondes habités. Le parallèle avec ce que vous avez observé est analogue. Jeune homme, vous résidez de ce côté de la planète et moi j'habite du même côté, mais à une époque différente.

- Ne vous moquez pas de moi ! J'ai beau n'avoir que 17 ans, je ne suis pas né de la dernière pluie.

- J'en suis conscient. Loin de moi l'idée de vous dire des mensonges, je m'efforce tout bonnement de vous faire le résumé de la situation. Comme mon temps est compté ici, je vous propose d'échanger tout en cheminant. Aujourd'hui, je dois acheter au marché local plein de steaks pour les gens de mon quartier. Leurs stocks sont à zéro.

Première leçon pour David, reformuler son jugement. Le jeune homme pensait que les denrées présentes dans le caddy provenaient de la grande surface, il avait tort. Le marché artisanal qui se tenait chaque samedi matin en était plus simplement à l'origine. Ensuite, elles étaient destinées aux voisins de son interlocuteur, ce qui était franchement inhabituel !

- Pourquoi pas ?!! Si c'est le seul moyen pour vous soutirer la vérité, je vous accompagne. Alors, revenons-en aux prémices...

- Oui, au début. Il y a environ cinq ans - par rapport à mon époque je veux dire -, j'ai fortuitement brisé un origami de ma composition à même le sol et, quand j'ai traversé le grand éclair blanc qui a suivi, je me suis brutalement retrouvé en 2018.

- 2018 ? Ça fait près de quatre ans que vous venez ici ? demanda David. Le jeune homme avait tout compris, son bonhomme n'était qu'un échappé de l'asile, au mieux un affabulateur, aussi se devait-il de jouer son jeu jusqu'au bout.

- En réalité, l'année où je vis, 2050, est irrémédiablement liée à votre propre cycle. Le temps s'écoule au même rythme, donc c'est vrai, j'alterne mes allers-retours entre *votre* Vouillé et le *mien* depuis 2018.

- Et, chaque fois que vous traversez le miroir, c'est pour acheter de la viande ou emprunter des bouquins ? Vous n'avez pas mieux à faire ? Pour quelqu'un qui vient du futur, il serait si facile de faire fortune puisque tout le passé a été décortiqué entre temps.

Monsieur Delmas interrompit sa marche. Ce qu'il avait à déclarer n'était manifestement pas simple à relater. Comment pouvait-il expliquer que là d'où il venait la viande était interdite de consommation et que la lecture était devenue un luxe pour tout le monde ! Tout avait commencé au début des années 20. Pour s'en rendre compte, il suffisait de lire entre les lignes dans les journaux de l'époque. Par exemple, il y avait eu cet article dans un grand journal régional en date du 22 mai 2021 consacré à une réunion des édiles municipaux d'une petite commune poitevine :

« Après l'égrenage de l'ordre du jour, c'est à l'heure des questions diverses que le conseil s'est soudainement enflammé. Isabelle V., élue de la liste d'opposition, s'est en effet lancée dans une longue diatribe contre l'album jeunesse Les enquêtes du PichouGens - Les fabuleux de Chauvigny, de Michaël Bettinelli, distribué aux élèves chauvinois du CP au CM2 en décembre dernier.

« Cet album est stéréotypé et sexiste. Sur 11 personnages, seuls deux sont féminins dont un est sexualisé. Les prises de décisions et les actions ne sont le fait que des héros masculins alors que les personnages féminins ne sont que dans l'attente, la passivité et l'obéissance. Enfin, à la fin de l'histoire, le personnage principal vole un baiser non consenti à la petite fée. Il s'agit là, comme le stipule l'article 222-22 du Code pénal, d'une agression sexuelle que cet

ouvrage normalise. Cet album jeunesse ne correspond donc pas du tout à l'âge des enfants auxquels il est distribué. »

Pour renforcer le clou cette même année, et gâcher encore plus l'imaginaire des enfants, il y avait cette élue écologiste qui avait affirmé haut et fort que l'aérien ne devait « *plus faire partie des rêves d'enfants* ». Après la suppression des arbres de Noël à Bordeaux, puis des plats sans viande à Lyon, tout était parti en vrille jusqu'à aboutir à la mise en place de la dictature verte !

Ce que ni l'extrême droite ni l'extrême gauche n'avaient réussi à mettre en œuvre, à savoir la bêtise au sommet de l'État, les extrémistes verts y étaient parvenus quelques mois plus tard ! Dans un premier temps, la manœuvre s'était faite en toute légalité. Le peuple français s'était même montré indulgent, enfin au début... Mais lorsque tout le monde avait dû devenir végan, le goût de la vinaigrette avait submergé celui de la salade et il était plutôt aigre. Les vaches avaient été bannies du territoire dans la foulée. Certes, un mouvement contestataire était né, mais très rapidement la milice verte l'avait étouffé dans l'œuf en s'aidant des – bienvenues – dénonciations anonymes.

- Connaissez-vous le principe du paradoxe temporel ? lança Delmas.

- Heu ! J'en ai entendu parler en cours de philosophie. Plutôt compliqué comme histoire !

- Imaginons que Casanova aurait trouvé le moyen de s'envoyer dix ans plus tôt son manuscrit de voyage au centre de la terre, il n'aurait eu qu'à le recopier. Ce livre n'aurait donc jamais été écrit. Cherchez l'erreur ! Certes, cet exemple est tiré par les cheveux, mais il témoigne de la perversité du voyage à rebrousse temps. En extrapolant à partir de la célèbre question posée par Edward Lorenz à la fin du siècle dernier, « le battement d'ailes d'un papillon au Brésil peut-il provoquer une tornade au Texas ? », il ne faut jamais tenter de modifier le passé de peur d'aggraver les événements futurs.

- Vu sous cet aspect, c'est effectivement plus clair.

- Vous comprendrez alors pourquoi je n'ai jamais voulu prendre un tel risque. En revanche, faire ses emplettes est beaucoup moins risqué.

- Je me répète, mais vous n'avez pas de livres à votre époque ? Ni viande ?

- C'est malheureusement le cas. Lorsque les extrémistes verts ont pris le pouvoir, ils ont obligé le peuple à ne manger que des crudités, puis à lire exclusivement des livres agréés par l'État. Vous pensiez peut-être que cela ne pouvait arriver qu'en Corée du Nord ou en Birmanie ? Détrompez-vous ! C'est ce qui adviendra prochainement en France.

- Il n'y a donc rien à faire pour empêcher ce désastre annoncé ?

Monsieur Delmas reprit sa marche. Comme il l'avait indiqué en préalable, il disposait de peu de temps pour mener son projet à terme. Sur le marché de Vouillé, son charcutier préféré lui avait réservé une douzaine de côtelettes d'agneau, il ne devait pas le faire attendre. Puis, à la médiathèque, plusieurs ouvrages de la série des Rougon-Macquart se languissaient de son arrivée. Oui, le temps pressait.

-     Non, rien du tout, répondit-il. Enfin, si l'on s'en remet seulement aux hommes. En revanche, la solution se situera peut-être au beau milieu des champs...

-     Que sous-entendez-vous par là ?

-     Oh ! Depuis plusieurs mois déjà, des récoltes entières ont été décimées par une maladie mystérieuse. Quand certains journaux abordent le sujet – pas en première page bien sûr ! -, ils surnomment ce mal étrange « le sida des plantes ». Le *peuple* commence à gronder... Lorsqu'il aura vraiment faim, peut-être se révoltera-t-il alors. En 1789, la population française s'est rebellée contre le roi Louis XVI parce qu'elle était affamée, l'histoire se répète parfois.

À présent, le binôme avait largement dépassé les limites du parc de la Gorande. La piscine municipale venait d'être contournée, celle-là même où chacun d'entre eux s'était baigné au moment de l'adolescence, à des époques fort différentes bien entendu. David avait changé d'avis. Tout ce que monsieur Delmas avait raconté sonnait trop juste pour n'être qu'une élucubration. Mais, au lieu de fantasmer sur la réalité des voyages temporels, son esprit se focalisait sur le funeste avenir qui lui était promis.

Comme prévu, l'achat des côtelettes d'agneau se passa sans temps mort pour monsieur Delmas, lequel était visiblement bien attendu. Le boucher le salua d'ailleurs comme s'il s'agissait d'un client habituel, preuve en était que ce dernier effectuait régulièrement ses achats au marché de Vouillé-la-Bataille.

Ultime étape, la médiathèque.

Ce coup-ci, madame Irène n'était pas de service. Derrière le comptoir, il y avait la responsable officielle de l'équipement public le plus important de la commune. Une fois dans la place, les deux hommes se séparèrent. Delmas s'orienta du côté de la section littérature à la poursuite d'Émile Zola, David quant à lui se contenta de baguenauder d'un rayon à l'autre à la recherche du temps perdu, il n'avait pas à cœur de trouver un livre en particulier. Ses pas le guidèrent au bout de plusieurs minutes jusqu'à la section des ouvrages de vulgarisation scientifique. Le jeune homme n'y venait pratiquement jamais, la bibliothèque de son lycée lui offrait tout ce qu'il fallait lorsqu'il éprouvait le besoin de consulter ce type de document. D'ailleurs, son premier réflexe fut de fermer les paupières, d'étendre les mains et se faufiler ensuite entre deux rayons tout en caressant sur son passage les alignements de livres.

Au hasard, David en dégagea un et, une fois les yeux ouverts, ne put s'empêcher de sourire à la lecture du titre : « *une brève histoire du temps, les grandes théories du cosmos : du Big Bang aux trous noirs* ». Enfin, l'élément déclencheur résidait plus dans le début de la phrase qu'à sa conclusion. La notion de brièveté du temps était particulièrement de circonstance en ce début de week-end. Le jeune homme remit le livre à sa place, il l'emprunterait une prochaine fois.

Le second ouvrage qui sortit de la file se nommait « *Jamais seul. Ces microbes qui construisent les plantes, les animaux et les civilisations* ». Le thème l'étonna. Curieux, David parcourut longuement la postface...

Diable ! Le sujet paraissait prometteur !

Il ne quitterait pas la médiathèque sans l'avoir enregistré sur son compte.

Bord de l'Auxance

Samedi 19 mars 2022, fin de matinée

Les deux hommes étaient de retour à la cabane. Sur le chemin, ils ne s'étaient quasiment pas adressé la parole. Monsieur Delmas chantonnait sans arrêt, il était visiblement heureux de ses choix, tant sur le marché qu'à la médiathèque. Il était d'ailleurs étonnant qu'il puisse lire autant de livres en l'espace de quelques jours seulement, l'individu devait vraiment s'ennuyer en 2050. Son binôme était plus réservé. Peut-être admirait-il les vocalises de Delmas, ce qui ne l'empêchait pas pour autant de tourner dans tous les sens le livre emprunté.

Ce manège n'avait pas échappé à monsieur Delmas, mais à présent, il avait d'autres chats à fouetter. Le jet de l'origami magique était le préalable incontournable pour retourner à son époque, son « sésame ouvre-toi » bien à lui. Seule différence avec le conte contemporain des

Mille et une nuits, les trésors n'étaient pas de l'autre côté du miroir, ils se répartissaient plutôt entre le marché de Vouillé et sa médiathèque.

- Jeune homme, nous allons à présent nous séparer. Je vous quitte à regret, mais nous nous reverrons je l'espère. D'ici là, vous me ferez peut-être le résumé du livre que vous tenez entre les mains.

- Oh ! Je peux déjà vous annoncer une chose... Tout ce que vous m'avez raconté est terrifiant, mais je pense avoir trouvé dans ce livre une forme de remède à mon propre stress. Avez-vous le temps d'écouter sa postface ?

- Je vous dois bien ça, en échange de votre silence. Dites-moi tout !

- Eh bien ! « *Nous savons aujourd'hui que les microbes ne doivent plus seulement être associés aux maladies ou à la décomposition. Au contraire, ils jouent un rôle en tous points essentiel : tous les organismes vivants, végétaux ou animaux, dépendent intimement de microbes qui contribuent à leur nutrition, leur développement, leur immunité ou même leur comportement* ».

David s'interrompit un instant. Son interlocuteur reprit :

- Je ne vois pas en quoi cela modifiera le cours de l'histoire.

- Monsieur Delmas, je dois à présent faire un choix, celui qui orientera toute ma vie professionnelle. Ma famille, mes profs, tout le monde n'attend qu'une chose, que je choisisse une filière d'exception. Problème ! J'en étais incapable jusqu'à présent. Mais dorénavant, j'ai pris conscience de ce que devra être mon parcours.

\-   Vous me faites languir…

\-   En réalité, le sida des plantes ne sortira pas d'un chapeau de magicien, mais plutôt des travaux de recherche en biologie végétale que je compte mener pendant mes dix prochaines années d'études. En clair, je ne modifierai pas le cours des événements, ceux-ci se dérouleront selon mon bon vouloir !

Delmas resta sans voix !

À son corps défendant, il avait suscité une vocation. Mais, après tout, la pharmacopée en question pourrait peut-être à terme le sauver à son tour. Certes, il devrait patienter un *certain temps*, mais la perspective d'une fin heureuse n'était pas pour lui déplaire et valait tous les sacrifices.

Tempus non fit, nascitur[9] : le temps ne se commande pas, il coule de source. Jusqu'à présent, par peur d'aggraver la situation, l'homme n'avait rien fait contre ce qui se tramait. Désormais, il continuerait de plus belle, mais en connaissance de cause ce coup-ci !

Habituellement, monsieur Delmas repartait pour son époque le cœur triste, cela ne serait plus le cas à compter de ce jour !

---

[9] Locution latine

[L']Amazon[e] n'est pas un long fleuve tranquille

Je vais vous conter une mésaventure qui m'est arrivée sur le site marchand d'AMAZON à l'occasion du « Black Friday ».

Suite à un cambriolage survenu dans ma résidence principale, j'ai souhaité acquérir une caméra de surveillance extérieure pour sécuriser ma propriété, ainsi que ma famille. Une comparaison des offres disponibles sur le Net m'orienta naturellement vers AMAZON : 198,99 € contre 269,98 € chez le plus proche concurrent – sans parler des 349,96 € annoncés chez le fabricant -, il n'y avait pas photo ! Surtout pour une caméra...

Vendredi 29 novembre – Je passe à l'attaque. Le site marchand me confirme ma commande. La livraison devrait intervenir le 4 décembre.

Dimanche 1er décembre – Message d'alerte en provenance d'AMAZON à 7h19 :
Cher client,
Un problème est survenu lors de la confirmation de vos informations de paiement. Afin d'éviter toute utilisation inappropriée de votre carte de paiement, nous avons mis vos commandes en attente et verrouillé votre compte. Vous ne pourrez pas passer de commandes tant que nous n'aurons pas vérifié vos informations.
Pour résoudre ce problème, nous vous prions de nous faire parvenir un relevé de compte récent montrant au moins une transaction réalisée avec votre master card se

terminant par XX. Pour télécharger votre relevé sur notre portail documentaire sécurisé, connectez-vous à votre compte fr sur un navigateur et suivez les instructions.

Les informations suivantes doivent apparaître clairement sur le relevé :

– Vos nom et adresse de facturation

– Les 4 derniers chiffres du numéro de carte Pour votre protection, assurez-vous que seuls les 4 derniers chiffres sont affichés.

— Transactions récentes avec la même carte de crédit.

Nous examinerons votre relevé et vous répondrons dans les 24 heures. Vos commandes en cours seront annulées si ce problème reste en suspens dans les 72 heures suivantes. Pour protéger vos informations, nous ne pouvons pas accepter les documents envoyés par e-mail, et nous limitons l'accès à votre relevé à une équipe de spécialistes de compte. Notre équipe du Service Client peut confirmer que nous avons envoyé cet e-mail, mais ne peut ni voir votre relevé ni vous renseigner davantage sur ce problème.

Nous vous prions de bien vouloir nous excuser pour le désagrément occasionné.

Nous vous demandons de ne pas ouvrir de nouveau compte, car toute nouvelle commande que vous passez pourrait être retardée.

Cordialement,
Le spécialiste du compte
Amazon.fr

Évidemment, je m'inquiète, aussi je m'empresse de suivre la procédure. Sur mon espace client – lequel est effectivement bloqué -, j'inscris à nouveau toutes mes coordonnées qui avaient mystérieusement disparu. En guise de réponse, AMAZON m'informe que mon dossier sera une nouvelle fois étudié.

Dimanche 1ᵉʳ décembre – Courriel d'AMAZON à 17h12 :

Cher client,

Nous vous remercions pour votre réponse. Nous ne sommes toujours pas en mesure de vérifier que vous êtes le propriétaire de VISA se terminant par XXXX[10] .

Nous pourrons déverrouiller votre compte si vous répondez à ce message et y joignez un relevé de facturation récent pour cette carte de paiement. Assurez-vous que les éléments suivants sont visibles :

- UNIQUEMENT les quatre derniers chiffres de la carte. Par mesure de sécurité, n'incluez PAS les numéros complets de la carte ou du compte.

- Le nom et l'adresse de facturation.

- S'il est inclus dans votre relevé de facturation, incluez également le numéro de téléphone.

Pour éviter toute activité non autorisée de votre compte, assurez-vous de répondre à partir de l'adresse e-mail enregistrée sur votre compte Amazon.com. Nos spécialistes de compte

---

[10] Les chiffres ont été volontairement remplacés par des lettres pour une raison évidente de confidentialité des données.

examineront les informations fournies et vous répondront dans les 24 heures.
Cordialement,
Le spécialiste du compte
Amazon.fr
http://www.amazon.fr

Ah ! La méthode du commerçant évolue... Ce coup-ci, le dialogue peut se faire directement en répondant à l'expéditeur, un certain adresse-verification@amazon.fr, car la fois précédente, mon interlocuteur se dénommait no-reply@amazon.com.

Deux heures plus tard, j'adresse un courriel à AMAZON avec toutes les informations demandées.

Mardi 3 décembre – Je me fends d'un petit mail à AMAZON pour savoir si ma réponse a permis de lever toutes les observations. Le temps passe, je m'impatiente... Dehors, les cambrioleurs tournent autour de ma maison, je n'ai rien pour les surveiller.

Mardi 4 décembre – Courriel d'AMAZON à 17h32 :
Cher client,
Nous n'avons pas reçu votre relevé. Vous ne pourrez pas passer de commandes tant que nous n'aurons pas pu vérifier un relevé récent de votre carte Mastercard se terminant par XXXX. Pour télécharger votre relevé sur notre portail documentaire sécurisé, connectez-vous à votre compte amazon.fr sur un navigateur et suivez les instructions.

Les informations suivantes doivent apparaître clairement sur le relevé :

– Vos nom et adresse de facturation

– Les 4 derniers chiffres du numéro de carte Pour votre protection, assurez-vous que seuls les 4 derniers chiffres sont affichés.

Nous vérifierons votre relevé et vous répondrons sous 24 heures. Pour protéger vos informations, nous ne pouvons pas accepter les documents envoyés par e-mail, et nous limitons l'accès à votre relevé à une équipe de spécialistes de compte. Notre équipe du Service Client peut confirmer que nous avons envoyé cet e-mail, mais ne peut ni voir votre relevé ni vous renseigner davantage sur ce problème.

Nous vous prions de bien vouloir nous excuser pour le désagrément occasionné.

Nous vous demandons de ne pas ouvrir de nouveau compte, car toute nouvelle commande que vous passez pourrait être retardée.

Cordialement,
Le spécialiste du compte
Amazon.fr
http://www.amazon.fr

Je prends ma plus belle plume pour manifester *au spécialiste de mon compte* ce que j'en pense...

Madame, Monsieur,

Ce matin, votre service m'a indiqué n'avoir pas reçu mon relevé de compte.

Pourtant, je vous l'ai adressé le 1/12/19 à 19h41 comme en atteste le mail ci-après. De surcroît, j'ai respecté la procédure indiquée dans votre mail (toujours du 1/12/19 à 17h12), à savoir "en répondant à votre message à l'aide de mon adresse courriel indiquée sur mon compte AMAZON".

Or, dans votre dernière réponse, vous indiquez que :

"Pour télécharger votre relevé sur notre portail documentaire sécurisé, connectez-vous à votre compte Amazon.fr sur un navigateur et suivez les instructions", d'une part, "Pour protéger vos informations, nous ne pouvons pas accepter les documents envoyés par e-mail", d'autre part. Dans la mesure où mon compte est bloqué, il n'y a aucune possibilité de transférer quoi que ce soit ! Et comme vous indiquez que les documents envoyés par mail ne sont pas acceptés, comment fait-on alors ?!!

En conséquence, je vous demande de bien vouloir étudier le relevé bancaire ci-joint et de débloquer mon compte.

Si vous avez encore des questions, je vous invite à me téléphoner au XX XX XX XX XX pour aller plus vite...
Dans l'attente,
Cordialement,

Mercredi 4 décembre – Courriel d'AMAZON à 18h47 :
Bonjour,
Votre compte client est à nouveau accessible.
Malheureusement, nous n'avons pas été en mesure de réactiver la commande(s) suivante : # 406-6619895-7101157. Si vous avez

toujours besoin de ces articles, nous vous prions de bien vouloir passer une nouvelle commande.

Nous vous remercions pour votre compréhension à l'égard de nos mesures de sécurité et nous nous excusons pour le délai dans le traitement de vos commandes.

N'hésitez pas à nous contacter pour toute autre question.

Cordialement,

Amazon.fr

http://www.amazon.fr

En parcourant ce texte, je suis soulagé. Tout revient dans le droit chemin.

Malheureusement, ma joie ne sera que de courte durée. Sur le site marchand, le produit tant désiré est désormais vendu pour la modique somme de 259,99 € (soit + 31 % d'augmentation). Lorsque je veux me plaindre auprès de mon « spécialiste », mon courriel revient avec, en guise de réponse :

This is the mail system at host email-inbound-relay-2a-53356bf6.us-west-2.amazon.com.

I'm sorry to have to inform you that your message could not be delivered to one or more recipients. It's attached below.

For further assistance, please send mail to postmaster.

If you do so, please include this problem report. You can delete your own text from the attached returned message.

The mail system

<commandes@amazon.com> (expanded from <commandes@amazon.fr>): unknown user:"commandes"

En clair, mon interlocuteur est désormais redevenu un fantôme !

Sur mon espace client, je renouvelle ma demande, en profite pour exprimer mon plus vif mécontentement, mais en vain. Silence sur toute la ligne ! Ma caméra de surveillance n'est pas prête d'être installée, mes cambrioleurs peuvent dormir sur les deux oreilles.

Jeudi 5 décembre – Je poursuis mes recherches sur Internet pour savoir si mon cas est isolé. Miracle ! Sur un forum, je découvre l'histoire d'un client d'AMAZON (survenue 2 ans plus tôt) qui, après avoir commandé une télévision en solde, s'est vu bloquer son compte pour la même raison que moi. Le mail d'AMAZON était alors en tout point identique à celui en ma possession.

Je ne crois pas au hasard. Il y a trop de points communs entre nos deux mésaventures.

Moralité de cette histoire : apercevoir une bonne affaire chez un site marchand comme celui d'AMAZON n'est qu'une illusion d'optique. Je sais désormais pourquoi cette compagnie américaine a dénommé sa journée de soldes « Black Friday ». Le noir en question n'est pas celui que l'on croit, il représente surtout l'opacité des pratiques commerciales douteuses de cette société. Utiliser un argument de *sécurité des comptes* pour dénoncer une vente alors qu'en fait un vendeur d'AMAZON s'est simplement *planté* dans la fixation de son prix de vente n'est vraiment pas glorieux.

Table des matières[11]

---

[11] Illustration de couverture : *une salamandre adossée au virus du COVID-19* par Loïc DURET

AUTRES PUBLICATIONS

- **Contes et mécomptes** – Recueil de nouvelles - Edition **Manuscrit.Com** – 2002
    - o **Réédition en 2020 par Kindle Direct Publishing**
- **Les Coucous de Vegas** – Nouvelle littéraire parue dans le recueil collectif « **Ah, si j'étais...** » - Edition de l'**Ixcéa** - 2004
- **La lettre** – Nouvelle littéraire parue dans le hors-série N°1 de la revue **PHENIX MAG** - 2006
- **Coup de chaud dans le Poitou** – **Gestes** Editions – Collection le*Geste*Noir – 2008[12]
- **Tendre gamine** - Nouvelle littéraire parue dans le recueil collectif « **Mystère à Noirmoutier** » - Editions **Past'Elles** – 2009
- **Micmac à Blossac** – Roman – **Kindle Direct Publishing** – 2016
- **Contes et mécomptes** *épisode 2* – Recueil de nouvelles - **Kindle Direct Publishing** – 2017

---

[12] Voir : http://blugeon.blogspot.fr/2016/02/coup-de-chaud-en-poitou-loic-duret.html